荊《いばら》の枷鎖《かさ》

和泉　桂

幻冬舎ルチル文庫

CONTENTS ✦目次✦

荊の枷鎖

✦カバーデザイン＝高津深春（CoCo.Design）
✦ブックデザイン＝まるか工房

イラスト・相葉キョウコ✦

荊の枷鎖

「阿澄《あずみ》、こっちだ」

その名前を音にするため唇を震わせると、心臓まで一緒に振動するようだ。

口にすればさらりとした風が吹き抜けるようで、阿澄という名前はとても綺麗《きれい》だった。

この軽井沢《かるいざわ》の清涼さにはぴったりで、帝都の蒸し蒸しした夏の空気を忘れさせてくれる。

生まれたばかりの彼にそう名づけたのは見るからに無粋《ぶすい》な父だと知らされたとき、相馬晄《そうまあき》久《ひさ》は驚いたものだった。

「待ってください、晄久様」

覚束《おぼつか》ない足取りで晄久を追いかけてくる阿澄は二つ年下で、この相馬家の別荘番を勤める里中《さとなか》夫婦の子供だった。

阿澄がやけに慎重なのは、足許《あしもと》が不安定なせいだけでない。生まれつき視力が悪く、彼は常に、晄久の父が特別に買い与えた分厚いレンズの嵌《はま》った眼鏡をかけているからだ。それを壊したくないからで、折角の地元育ちなのに、思い切り外を駆け回れないなんて勿体《もったい》ない。

親の手が回らずになかなか切ってもらえないのか、阿澄はいつも前髪をだらしなく伸ばしている。膚《はだ》は白いがそばかすだらけ、美しく成長した姉の美代《みよ》とはまるで違う。

それでも、たとえ顔立ちが冴《さ》えなくたって阿澄のことが好きだった。

都会の連中と違って、阿澄は素朴で優しい。晄久が運んでくる都会の話題をいつも心待ちにし、少しでも暇ができれば晄久のところへやって来て話をしたがった。

「どうして？」

「雨が降りそうです。あまり奥に入らないほうがいい……ほら」

掌《てのひら》を広げてみると、痛いくらいに大粒の雨が皮膚にぶつかった。

「ほんとだ」

先ほどまで陽射《ひざ》しが眩《まぶ》しいほどだったのに、山の天気は変わりやすい。

すぐに激しく雨が降り出し、雨滴《うてき》が二人の頭や髪に落ちてくる。

「だったら雨宿りをしよう。今から戻ったら、それこそ濡《ぬ》れ鼠《ねずみ》だ」

「でも」

「いいから、来い」

晄久は藪《やぶ》を指さし、その中に強引に阿澄を押し込める。

「いたた……」

枝に引っかけたのか、阿澄が小さく悲鳴を上げたものの、びしょ濡れになって風邪を引かせてしまうよりはいいはずだ。

阿澄に続いて、晄久もその中に飛び込んだ。

ぴりっと痛みが顔や腕に走ったが、いったい何だろう？

「かなり降ってますすね」

「そうだな。すぐやむといいけど」

通り雨のあいだ、間近に阿澄の体温があった。

あたたかいし、それにいい匂《にお》いがする。汗とはまるで違う、なんだか胸の奥がむずむずするような匂いだ。

「晄久様」

「ん？」

「ここ、どうやって出るんです？」

「どうって？」

「だって荊《いばら》ですよ。ほら」

先ほどの悲鳴の理由は、これか。

情けない顔で差し出した阿澄の手は、いつの間にか傷だらけになっている。夢中で飛び込んだが、藪は荊でびっしり覆われていたのだ。

入るのはいいが、出るときはきっと痛い思いをするだろう。

「参ったな」

ため息をついた晄久を見て、阿澄は初めておかしそうに笑った。

「雨が止《や》んでから考えましょう」

「うん」

くしゅんと阿澄がくしゃみをしたので、晄久は彼を抱き寄せた。

「っ」

驚いたらしく、阿澄が緊張に身を強張《こわば》らせそのがわかる。

「このままにしてろよ」

「でも、晄久様が風邪を引いてしまいます」

「大丈夫だ。俺はそんなにひ弱じゃない。将来、立派な軍人になるんだからな」

晄久は胸を張った。

「軍人に？」

「そうだ。俺のじいちゃんは立派な武士だったんだ。その後を継ぐ」

「すごいですね、晄久様！」

阿澄がきらきらと目を輝かせる。

「うんと強くなって、俺がおまえを守ってやるよ」

「え……」

「何があっても、俺がそばにいる。──おまえを守るから」

普段は離れて暮らしているくせに、どうしてそんな強気な言葉が口を衝《つ》いて出てきてしまったのか、自分でも不思議だった。

阿澄はどこもかしこも細くて華奢《きゃしゃ》で、十二歳にしては体格のいい晄久が抱き締めたら、きっと壊れてしまうだろう。今だってこうしてすっぽりと己《おのれ》の胸に納まってしまうのだ。

だから、守らなくてはいけないという気持ちはよけいに強くなるのかもしれない。
「だめか?」
「ううん、嬉《うれ》しいです」
はにかんだように笑う阿澄から、甘いミルクのような匂いがする。
このまま雨がずっと止まなければいい。
もう二度と、ここから出られなくたって構わない。
そうすれば帝都に戻らずに阿澄のそばにいられるのに。
そんな馬鹿げた夢想に囚《とら》われてしまいそうになるほど、晄久は本気だった。
晄久はぐっと手を伸ばして、阿澄の肩を抱き寄せると、阿澄がびくっと躰《からだ》を硬くした。
だけど、何も言わない。
何かを口にしたら、この歪《いびつ》な均衡が壊れてしまいそうで。

1

「相馬《そうま》君。少しいいかね」

「はい」

直接の上官である長野《ながの》の声に、帰宅の前に書類を整理していた相馬晄久《あきひさ》は立ち上がろうと腰を浮かせた。

「いや、そのままで」

けれどもそれを鷹揚《おうよう》に押し留《とど》められ、背筋を伸ばすだけにした。

大日本帝国陸軍近衛《このえ》師団《しだん》歩兵第一連隊——このやけに長い名前が晄久の所属する連隊で、身分は大尉にあたる。要するに、陸軍の師団の一つである近衛師団のうち、歩兵連隊に属していた。帝都には歩兵で構成された連隊が三つ置かれている。平時、軍隊を構成する最小の単位は中隊で、この中隊がいくつか集まって大隊を作る。その大隊がいくつか集まったものが連隊、連隊がまとまったものが師団と呼ばれていた。

日本において師団の数は多いが、近衛師団はとりわけ特別な位置づけだ。

帝都に置かれ、帝《みかど》と皇居を守るために『近衛』の名が冠されている。とりわけ歩兵第一連隊は特別で、麹町区《こうじまち》にある宮城の敷地内に駐屯していた。

二十八歳で大尉にして第一中隊の中隊長という出世の速度はそれなりに順調だが、暁久の経歴を考えると微妙な評価になる。暁久はエリート中のエリートを養成する陸軍大学校の出身であり、本来ならば卒業後は参謀本部に勤務するはずで、こうして現場で部下を指導する立場ではなくなるからだ。

一方、たたき上げの軍人でやっと少佐になった長野は定年前で、エリートコースを歩んで順調に出世をする陸大——陸軍大学校の卒業生の存在は面白くないらしい。

暁久が特例として近衛師団に赴任したときも、軍の上層部の気まぐれだろうといい顔をしなかった。しかし、暁久のおおらかさと真面目な性格、そして何よりも軍人としての熱意溢《あふ》れる態度がすっかり気に入ったらしく、この頃では娘婿にどうかとさりげなく一人娘を売り込んでくる。

「連隊に新しい軍医が着任するのを聞いていたかね？」

「軍医ですか」

中隊長といえども軍医はだいたいにおいて管轄外なので、暁久は首を横に振る。

そもそも衛生部軍医局は何につけても独立性が保たれており、連隊で日々部下を鍛える暁久たちとは無関係といってもいい。

「配属は明日からだが、面倒を見てほしいと上からのお達しだ。暫《しばら》くは、連隊本部に部屋を置くことになるとか」

「診療室を使わないのですか？」

「診察ではなく、調査が目的だそうだ」

「かしこまりました」

調査という言葉に引っかかったが、晄久はひとまず流すことにした。

「身分は三等軍医正。ドイツ帰りの御曹司《おんぞうし》らしく、士官たちの栄養状態の改善を研究しているらしい」

軍医は兵科ではないので、階級の表記が違う。三等軍医正といえば、少佐に相当した。栄養状態の調査をするにしては随分な地位だと、晄久は眉《まゆ》を顰《ひそ》める。エリートと呼ばれ、順当に出世している晄久よりも階級は上、おまけに目の前にいる定年間近の長野とは同級になるのだ。

「名前を伺ってもよろしいですか」

「確か、アズミ三等軍医正だ。京都にいる時分に、陸軍軍医委託生として採用されて、軍医見習いとして訓練を受けたそうだ。そのまま陸軍病院に行くはずが、あまりに優秀で特例で留学させたらしい。研究内容は軍隊の栄養状態と体力増強についてと聞いている」

アズミという苗字から思い出されたのは、夏季限定の幼馴染《おさなな じ》みだ。

懐かしい。

軽井沢に滞在する一月《ひとつき》ばかりの触れ合いだったが、阿澄と過ごした日々は濃密で、幼馴染みといっても過言ではないほどに親しかった。帝都にいるあいだは手紙のやり取りをしていたし、甘党の阿澄のために日もちする菓子を送ってやったことも一度や二度ではない。

そんなことをつらつらと思い出しかけ、晄久は急いで思考を修正する。

京都にいたということならば、出身は京都帝国大学あたりか。

「うちの連隊でもおまえなら人当たりもいいし、適任だという上の判断だ。よろしく頼む」

ここまで丁重なもてなしをするのであれば、軍でも上層部の連中の身内かもしれない。

いずれにしても、陸軍にとっては面倒な相手であることには間違いがなさそうだ。

自分におはちが回ってくるとは厄介《やっかい》だと晄久は思ったものの、上層部の決定に文句は言えない。己の気持ちをおくびにも出さず、神妙に頷《うなず》いた。

「かしこまりました。できる限りのことをさせていただきます」

無論、そういう研究も無用のものではない。

一昔前は脚気《かっけ》が流行《はや》り、七百名の部隊で七十名が亡くなったということもあった。どんなかたちであれ、兵の体力を増強し士気を高めるのは有《あ》り難《がた》い話だ。無茶な調査さえしないのであれば、晄久はいつでも協力したかった。

時は昭和。

浪漫《ロマン》で彩られた大正という短い時代はとうに終わり、昭和に改元してからというものあちこちがきな臭い。

大恐慌による不景気ゆえに、さまざまな反社会的な思想や運動が生まれている。

憲兵隊には思想係が置かれ、民衆のあいだに妙な思想がはびこらないよう、政府も軍も日々神経を尖《とが》らせていた。

世界情勢も先行きが明るいとはいえず、活路を求めた国が戦争を起こす可能性は十分あり、一触即発の空気が張り詰める。限られた予算の中で軍備の近代化が迫られる中、軍の上層部が兵士たちの健康状態を気にするのも当然だろう。中でも天皇陛下のおそばで天皇と皇居を警護する禁闕守護《きんけつしゅご》の最精鋭部隊たる近衛師団が選ばれたのは、ごく自然な成り行きに思えた。

「有り難い。明日、顔合わせの時間を取ってある」

「はい。何時に挨拶《あいさつ》に向かえばよろしいでしょうか」

「午前中ならいつでもいいとのことだ。頼んだぞ」

ほっとしたように長野の表情が緩み、彼がこの伝達に重圧を感じていたのだろうと晄久は同情を覚えた。

「今日はこれで失礼します」

「うむ」

今夜はこれから、父の達弘《たつひろ》に頼まれた気詰まりな会合に出席しなくてはならない。

お世辞にも楽しい集まりとはいえないものの、これも嫡男の務めだと割り切っていた。

軍人になるのは、幼い頃からの夢だった。

しかし、両親――特に父にとっては財閥の次期当主となるべき長男が軍人を志すのは許し難いことだったはずだ。おまけに晄久はこの歳《とし》にもなるのに結婚もせず、部下の訓練に明け暮れているのだ。

不満顔でも達弘が現状を許しているのは、晄久が軍の中枢に食い込めば何か商機を得られると考えているからだろう。そうでなければ、今頃勘当でもされている。跡取りなど、妹の雅子《まさこ》に婿を取らせればいいのだ。

そんなことを考えつつ兵舎を出た晄久が、秋の夕陽を受けながらきびきびとした足取りで歩いていると、背後から「相馬大尉！」と明るい声で呼びかけられた。

声のしたほうを振り返ると、軍帽を被《かぶ》った下士官が息を切らせて近づいてくる。

部下の木下正吉《きのしたせいきち》少尉だった。

足を止めたのは、ちょうど門前だった。

「どうした？」

士官学校を卒業したばかりで陸大を目指している彼は、端々に少年じみたところが残っている。いささか口は軽いが笑顔が印象的で、晄久にしてみれば弟分のような存在だった。

「来週の会合についてです。大尉のご予定を確認してほしいと、西山《にしやま》大尉からの伝言です」

将校の会合という名目の飲み会だが、それは暗黙の了解だ。

同期で集まって呑《の》むのは楽しいし、さまざまな情報交換もできる。とりわけ、軍の内部がごたついている今のような時期は、士官学校止まりで将校になった仲間たちからの情報も、かなり有用だ。

「わざわざ伝えにきてくれたのか。ありがとう」

晄久が男らしく引き締まった口許を綻《ほころ》ばせると、木下は「いえっ」と背筋を伸ばした。

「君も来るか？」

「え、え……よろしいのですか？」

「勿論《もちろん》だ。君も将校だろう？」

晄久が白い歯を見せて笑うと、途端に木下は真っ赤になる。

「そ、相馬大尉と一緒とは光栄です！」

「大袈裟《おおげさ》だな」

晄久は彼の緊張を緩めようと肩を叩《たた》いてやったが、木下は更に照れたように俯《うつむ》き、必死になって言葉を絞り出す。

「こうして、同じ中隊に配属されただけでも嬉しいのに……」

涙ぐまんばかりの勢いの木下に、晄久は「そうか」と頷いた。

「母の死に目にも会えたのも、大尉のおかげです！」

昨年、木下の母が倒れて昏睡《こんすい》状態になったときのことだ。

教練の日程上、外出許可を出すことは難しく、無理に外出すれば考査で不利に働く可能性もあった。しかし、地元では士族の名門だった木下家も今や衰退し母一人子一人の家庭と聞いていた。母を亡《な》くせば天涯孤独になってしまう木下を放ってはおけず、晄久が便宜を計ったおかげで木下は母の死に目に間に合ったのだ。無論、成績でも不利にならずに済むように取りなしてやったのは言うまでもない。

有事でないときは、できるだけ部下の思いを尊重してやりたい。自分たちは、いざとなればいつでも死地に向かう。なればこそ、日常に生きる瞬間があってもいいと思うのだ。

「君が母上の最期《さいご》に立ち会えたのは、本当によかったと思っている。だが、俺は上官としてよかれと思うことをしただけだ。君が親の死に目に会えなければ、俺も寝覚めが悪いという程度の理由なんだ。俺の自己満足に、君が一生負い目を感じることはない」

「負い目じゃなくって、感謝です」

言ってから木下ははっとしたように口を噤《つぐ》む。

上官に口答えしたと思ったのだろう。とはいえ取り立てて追及するようなことではなく、晄久はさらりと流した。

「ほどほどでいい」

「そうはいきません。これからもお役に立てるよう、頑張ります！」

木下が再度敬礼したので、晄久は敬礼を返す。

「では、また明日」

「はいっ」

目立つ場所での一部始終を見守っていたらしく、衛兵たちが一瞬にやっと笑ってから二人に敬礼をしてきた。

これでまた妙な噂《うわさ》を立てられるなと晄久は思ったものの、この点については諦観《ていかん》している。

もともと晄久は、なぜだか妙に男性に人気があるのだ。

無論、稚児《ちご》として愛《め》でられる要素はまったくなかった。

それどころか、父親譲りの長身なうえに美少年というには朗らかで、か弱さに欠ける。目立つ長軀《ちょうく》に加え、精悍《せいかん》な男らしい顔立ちが人目を惹《ひ》くと評されていた。

部下に言わせると、華やかな経歴の割に驕《おご》っていないところがいいらしい。

東京陸軍幼年学校と陸軍士官学校を首席で卒業し、近衛師団に入隊したあとは上官の強い推薦で陸軍大学校を受験した。いくら優秀でも成金の息子は陸大には通用しないだろうという下馬評《げばひょう》を覆し、見事合格したうえに首席伝説のおまけまで作ったのだ。

このままエリートの王道として参謀本部に進むと目されていたものの、晄久が配属されたのは近衛師団だった。

そこには上層部のさまざまな思惑があるのだが、晄久にはあまり関係がない。自分の務めは近衛師団の部下たちを一人前にすることで、駆け引きには関わりたくなかった。

その真面目さが受けているのか、近衛師団歩兵第一連隊では相馬隊に入りたいと熱望する初年兵までいるらしい。「おまえは男に人気がありすぎだ」と同期や上官に揶揄《やゆ》されるのだが、晄久が自ら何か仕掛けているわけではないので、対処のしようがなかった。

おかげで友人の神領《かみりょう》からは、天然の男誑《おとこたら》しなどと有り難くない評価を頂戴《ちょうだい》するほどだ。

晄久の父の達弘は有能な事業家として名を知られていたが、性格と強引な事業のせいで大層評判が悪い。だが、息子の晄久は達弘とは正反対で、大らかで人懐っこい。その意外性がいいのだと、親友は分析してくれた。

「………」

角を曲がるときに何気なく背後に視線をやると、木下はまだ敬礼し続けている。明日はまた新しい噂が出回っているかもしれないな、と晄久は小さく息をついた。

九段坂下で右に曲がり、市電の線路の脇を歩く。

飯田町で再度右折し、大神宮の鳥居の前に相馬家の邸宅はあった。

屋敷は広大な和風建築で、古色蒼然《こしょくそうぜん》としている。しかしその佇《たたず》まいは昔から好ましく、晄久にとっては安堵《あんど》を覚える場所の一つだ。

「ただいま戻りました」

「お帰りなさいませ、晄久坊ちゃん」

にこにこしながら出迎えた女中の信子《のぶこ》に、晄久は軽く一礼する。信子はいつまで経《た》っても自分を坊ちゃん呼ばわりし、こうして出世を遂げた今でもあまり態度は変わらない。昔はそう呼ばれるのは嫌だったが、いつしか口を酸っぱくして「坊ちゃんはよせ」と言うのも飽き、晄久は彼女の態度に関しては諦観していた。

「父上は？」

「お待ちかねです」

「では、このままで行こうか。車を呼んでもらえるか」

「はい」

父はあからさまに不愉快な顔をするだろうが、軍人の晄久が会合に軍服で出向いたところで、何の失礼もない。昨今では成金といわれることは多いものの、そもそも相馬家は士族なのだ。それに、達弘の機嫌を取るために進路を決めるわけではない。

「ああ、それから奥様が、来月はどうなさるのかと」

立ち去りかけた信子が振り返って問うたので、晄久はわずかに眉を顰めた。

「軽井沢か？」

「はい」

軽井沢には相馬家の別荘がある。晄久にとっては毎年夏を過ごした懐かしい土地でも、だからといってもう一度行きたいとは思えない。

「行かないよ」

あそこには様々な思い出がある。

もう二度と帰らない幼い日々の、懐かしくも甘い――そしてあまりにも苦い記憶が。

2

「阿澄《あずみ》！」

舌先に載せると、その名前がまるで砂糖菓子みたいに感じられる――晄久《あきひさ》が最初にそう意識したのは、いったいいつのことだったろう？

晄久よりも二つ年下の里中《さとなか》阿澄は、相馬家の別荘番の息子だった。

阿澄と晄久は父親同士が古い学友で、父の達弘《たつひろ》は躰を壊して働けなくなった阿澄の父である信司《しんじ》に同情し、別荘番というほどほどに楽な仕事を斡旋《あっせん》したのだ。

晄久が阿澄に会えるのは、夏のあいだに限られていた。けれども、一か月以上毎日顔を合わせるので、学友たちと同じくらいに親しいだろうと自負している。それに、晄久は阿澄には月に一度は手紙を送っていた。返事は来たり来なかったりだが、別荘番程度では里中一家の生活が裕福になりようがないことは子供心に知っている。無理に返信を求めるつもりはなかった。

「晄久様」

箒《ほうき》を手に庭を掃き清めていた阿澄が振り返り、白い歯を見せて笑う。

相馬一家がいるあいだ、阿澄は晄久の母の趣味で洋装で過ごし、その服はすべて晄久のお下がりだった。

「様はよせって言ってるだろ。堅苦しくてそういうのは嫌いだ」

「だって、どこで誰が聞いてるかわかりませんから」

ませた物言いをする阿澄の顔立ちは、幼い晄久の目から見ても可愛いとは言い難かった。

両親はとても美形なのに、どうしてこんなに冴えない容姿なのかが長らく不思議だった。

あとから阿澄は養子だとわかり、晄久も納得したのだ。

とはいえ、眼鏡さえなければ、阿澄の見た目はもう少しまともになりそうだ。

分厚いレンズが不格好だし、何とも不釣り合いに見える。それでも眼鏡がないと生活できないらしく、阿澄は晄久のいる前ではこれを外そうとはしなかった。

「それより、お腹《なか》、平気なのか？」

「う……はい」

阿澄は真っ赤になって、箒を支えに俯く。

甘いものが好きだという阿澄のためにわざわざ有名店のあんぱんを買っていったのはいいものの、移動のあいだにすっかり黴《か》びてしまったのだ。阿澄はどうしても食べると言い張って一個食べたが、案の定腹を壊してしまい、ここ三日ほど寝込んでいた。

今日になって、漸《ようや》く起き上がれるようになったらしい。そんなときでも家の手伝いを忘れないあたり、働き者の阿澄らしかった。

「ごめんな。あんぱん、黴びてると思わなくて」

「いえ……僕が意地汚かったのが悪いんです」

阿澄はほっぺたを真っ赤にして、羞《は》じらったように俯く。

どうせ、勿体ないというより晄久の思いやりを無にしたくなかったのだろう。口にはしなくても、そういう気遣《きづか》いのできるところが阿澄の長所の一つだ。

「今度、帝都に食べに来いよ。俺が銀座《ぎんざ》を案内してやる。好きなだけあんぱんを食べられるよ」

「はい、楽しみです」

どこかはにかんだように、阿澄が唇を綻ばせる。

「今日は川に行こう。ちょっと歩くくらいなら、出かけても平気だろ？」

お腹も、という意味を込めて晄久が言うと、阿澄は自分の腹を一瞬さすってから顔を上げた。

「大丈夫です。だったら釣りにしませんか？」

「釣り竿《ざお》は？」

「二人分用意してます。ちょっと取ってきますね」

阿澄は箒をひょいと肩に担ぎ、止める間もなく納屋へ走っていく。不器用な彼らしく何度も庭木にぶつかっており、下手《へた》をするとレンズが割れるのではないかと心配になる。

残された晄久は、手持ちぶさたになって空に視線を向ける。抜けるように爽《さわ》やかな青い空が見え、澄み切った色合いは鮮やかだった。

「晄久坊ちゃん」

やわらかな女性の声に急いで振り返ると、阿澄の姉である美代《みよ》が笑っている。質素な和服は母親の形見だろうが、派手好みだった彼女のせいか、色も柄も若々しく匂やかだ。

阿澄はまだ物置から戻ってきていなかった。

「美代さん」

美代は大柄で輝かんばかりの美貌《びぼう》の持ち主だった。とても眩しく、こんな田舎に埋もれさせておくのは惜しいくらいだ。帝都に行けば、きっと殿方の心を捉《とら》えるだろう。

両親にも姉にも見劣りする阿澄は、おかげでいつも家の中でみそっかす扱いをされているらしい。家事の大半を押しつけられているため、こうして二人で遊べるのはわずかな時間だ。それも、母親がこの春に亡くなってから酷《ひど》いらしく、美代は日中にはいったい何をしているのかと、晄久は密かに訝《いぶか》っていた。

「お芋《いも》をふかしたの。おやつにどうぞ」

阿澄に比べて、美代の態度はいくぶん馴れ馴れしい。彼女は自分が美しく魅力的だと知り、既に武器にしているのだ。

晄久の視線を受け止めた美代は「なあに？」と笑って、躰を擦《す》り寄せてきた。

やわらかい。

少女の肉体とまともに触れ合うかたちになり、晄久は驚いて数歩後退《あとずさ》った。

「あ、あの」

「ほら、受け取って」

芋を包んだ新聞を受け取ったが、彼女は包みから手を離そうとしなかった。二つの手と手が重なったままで、晄久は困惑した。

「大きい手なのね」

「…………」

「きっと、どこもかしこも大きくなって逞《たくま》しくなるわ。女に持《も》て囃《はや》されるわよ」

「俺が？」

「そう」

返事と共に向けられたどこか媚《こ》びるような笑みにどきりとし、晄久は目を伏せる。

必要以上に女性を意識させる美代の所作が、晄久は苦手だった。

阿澄が早く戻ってきてくれればいいのに。

「晄久様、すみません、待たせて」

折しも、二本の釣り竿を抱きかかえた阿澄がぱたぱたと駆け寄ってくる。

「あら、阿澄、やっと釣り竿の出番？」

「あ、あの、それは」

姉にさえ頭の上がらない阿澄は、俯いたきり口籠《くちご》もってしまう。

「この子、自分で作って待ってたのよ。晄久様が来たら一緒に釣りをするんだって。ずっと辛気《しんき》くさかったから、晄久様が来てくれてよかったわ」

「…………」

阿澄にはもう何も言えないようだった。

「母さんが死んで、鬱《ふさ》ぎ込んでたのよね。血が繋《つな》がってないのに、何が悲しいのかしら？」

尖《とが》った言葉を投げつけ、美代は足早に母屋《おもや》へ向かう。阿澄は途方に暮れているらしく、二本の釣り竿を抱えたまま立ち尽くしている。

「――阿澄」

声をかけても、返事はない。

よくよく見れば、ほっそりとした肩が震えていた。

泣いているのだろうか。

「悲しいと思っては、だめですか」

彼の目からぽたぽたと涙が零《こぼ》れだし、眼鏡のレンズに溜《た》まってしまっている。

「お母さんです。泣いちゃ、だめですか……」

その母にどんな折檻《せっかん》を受けていたか、晄久だって知らないわけではない。なのに阿澄は、子供心に彼女のことを慕っていたのだ。

父だって姉だって、誰一人として阿澄に優しくしてくれないのに。

「阿澄」

慰めたい。

強烈にそう思った晄久は、後先を考えずに阿澄に手を伸ばした。

「！」

肩にいきなり触れられて驚いたらしく、阿澄が釣り竿を取り落としてしまう。ごろっと音を立てて落ちた竿は、下草の上に転がった。

それでも、阿澄を離せない。

ぼやけたレンズ越しに見える阿澄の目は漆黒で、思ったよりもずっと大きいようだ。

じっと彼を見つめていると、阿澄が困ったように眉を顰め、そしてその顔が紅潮していく。

彼はやがて耐《た》えきれないように、ぷはっと息を吐き出した。

「どうした？」

「あ、あの……僕の息がかかると気持ち悪いかもって思ったので」

「馬鹿。気持ち悪くなんか、ないよ」

それどころか、こんな不器用な心遣いをしてくれる阿澄が可愛《かわい》くてたまらない。

「ほら、行こう」

二本の釣り竿を拾い上げた晄久は彼の肩を抱く。阿澄の躰が一瞬震えた気がしたが、あえてそれを見過ごした。

――二人で荊の藪に閉じ込められたのは、そのあとのことだ。

阿澄からは甘い匂いがした。

夜な夜な幾度も思い返すくらいに。


翌年。

前の夏は阿澄の手作りの釣り竿を使ったので、晄久は今年はわざわざ帝都で新式の竿を購入していった。別荘に着くなり自慢すると、阿澄は少し淋《さび》しそうな顔をしたが、「これでたくさん釣れますね」とすぐに笑顔を見せた。

「晄久様」

声をかけた阿澄は、去年よりも少しばかり背が伸びた。とはいえ分厚い眼鏡をかけているのは相変わらずで、そばかすも変わりはない。

「西瓜《すいか》をもらったんです。おやつに食べませんか」

「ん……うん」

気乗りしない顔で頷いた晄久は、今年はまだあまり阿澄と一緒に過ごしていなかった。

阿澄に近づけば、あの甘い匂いを思い出してしまいそうだ。

華奢なことくらいしか特徴のないただの少年なのに、どうしてこんなに阿澄に惹かれてしまうんだろう？

「今、切ってきます」

「雅子《まさこ》も呼んでくる」

「……はい」

まだ幼い妹の名前を出すと、阿澄はなぜか一瞬言葉に詰まったものの、特に否とは言わなかった。

雅子は大層西瓜が好きで際限なく食べてしまうため、腹痛になることが多い。

阿澄が切ってきた西瓜を、晄久たちはテラスに腰を下ろして食べた。白かったペンキは剝《は》げており、今年は信司は仕事をさぼりがちだ、と晄久は何気なく思う。去年までは別荘の修繕にも気を遣っていたのに。

「旨《うま》いな。阿澄、おまえも食えよ」

「はい」

西瓜を受け取った晄久は、それに嚙《かじ》りつく。阿澄も両手で皮を持ち、西瓜に白い歯を立てた。

咀嚼《そしゃく》する音と共に、阿澄の小さな口が動く。

西瓜の汁で紅《あか》くなった口は、阿澄のものでないみたいだ。

「晄久様？」

意外そうに問うた阿澄が顔を上げた拍子に、彼の腕をつっと西瓜の雫《しずく》が滴《したた》り落ちる。

「あっ」

小さく声を上げた阿澄は急いで自分の肘《ひじ》を顔に近づけ、筋になって落ちた紅い雫を舌先で舐《な》め取っていった。

赤い舌が、蛇のようにちろちろと動く。

それを目にした瞬間、一気に体温が上がった気がした。

思わず下腹を押さえた晄久は、耐え難くなって躰を二つに折り曲げる。

「晄久様!?」

驚いたように阿澄が声を上げたので、晄久は「何でもない」と強張った笑いを作りながら答えた。

「お腹、痛いんですか？　すみません！」

阿澄が動揺した素振りで晄久に近づいてきたが、それ以上来ないでほしかった。

「来るな！」

思わず声を荒らげると、阿澄が驚いたようにびくんと身を竦《すく》ませる。

「あっちに行ってろ、阿澄」

「でも」

「いいから！」

「……すみません」

しょんぼりとした阿澄は肩を落とし、自分の西瓜を手にしたまま家の中へ引っ込んでいく。

「にいさま？」

雅子が首を傾《かし》げたので、晄久は「ぽんぽんが痛いんだ」と冷や汗を浮かべつつ告げた。

……嘘《うそ》だ。

腹が痛いわけじゃない。

阿澄の真っ白な腕に軌跡を描いた紅い雫。

それがまるで血のように見えて、思い出してしまったのだ。

夏休み前の林間学校で、友人たちとのあいだで出た猥談《わいだん》だ。

処女は破瓜《はか》のときに血が出るんだぜ、と耳年増《みみどしま》の級友がこっそり教えてくれた。『破瓜』が何かは晄久にはわからなかったが、それがひどく猥《みだ》りがわしいことなのだと認識した。

骨張った阿澄の腕。しっとりと濡れたように肌理《きめ》の細かい膚。そこを滑り落ちた雫。ぬらぬらと光る舌。阿澄の腕に残った唾液《だえき》の痕《あと》。

それがとても、いやらしいもののように思えて。

「……くそ」

いっこうに躰の熱が鎮まらない。

阿澄は男じゃないか。それはわかっているのに、どうして……。

晄久は頬《ほお》を染めたまま、暫くその場に蹲《うずくま》っていた。


雨と風の音が強い。

――明日は、阿澄の顔をまともに見られそうにない……。

あのあと、西瓜を食べるのをやめた晄久は子供部屋に駆け込み、おさまりのつかない躰を持て余して、覚えたばかりの自慰に耽《ふけ》ってしまったのだ。

しかも、よりにもよって阿澄の顔を思い浮かべながら。

それが浅ましいことだと薄々知っていたので、阿澄に申し訳ない気分でいっぱいだった。

穢《けが》してしまった。

真面目で親切な幼馴染みを、自分の劣情でめちゃくちゃにしてしまったのだ。

「……！」

夕食も摂《と》らずに寝台に丸まってうとうとしていた晄久が目を覚ましたのは、窓を叩く枝の音があまりに強かったからだ。

……違う。

この部屋の外は見晴らしがよい中庭で、大きな木は植えられていない。誰かが窓を叩いているのだ。

ぱっと目を開けた晄久は、おそるおそる外を見やる。

嵐のせいで月も星もなく、外界は真っ暗だった。

それでも勇気を振り絞って、窓辺に近づいた。

外は暗がりで見えないが、耳を澄ますと、やはり誰かの声が聞こえる。

ばしん！

窓の外からぶつけられた肌色のものは、骨張った掌だった。

「ッ」

驚きつつもその声が「晄久様」と言っているように思え、晄久はがばっと窓を開けた。

強い風と雨が吹きつけ、同時に室内に濡れたものが飛び込んでくる。

「阿澄！」

「あ、晄久、様……っ」

頭からずぶ濡れになった阿澄は、晄久に力いっぱいしがみついた。

ひどく急いでやって来たらしく、彼は浴衣《ゆかた》に裸足《はだし》という格好だった。

「何があった？」

阿澄を安心させてやらなくてはという気も回らず、晄久は鋭く問う。

「どうしよう……どうしよう、晄久様」

阿澄はかたかたと震えており、晄久の躰に縋《すが》りつく。彼の眼鏡は濡れており、冷えた躰がこの雨の温度を如実に示していた。

隣の家から直接ここに来たのはわかるが、どうしてわざわざ二階まで木登りをしたのだろう。使用人とはいえ、玄関から入ってくればいいではないか。

「どうして、ここに来た」

昼間の一件の生んだ羞じらいが、晄久の態度を硬いものにした。

「あ、あの……」

いつもの落ち着き払った阿澄とは違い、彼はぶつぶつと何ごとかを呟いている。あまりのことに晄久も動揺していたものの、このままでは要領を得ない。

「落ち着け、阿澄」

「父さんが」

まだ震えている。

阿澄の躰は華奢で、憐《あわ》れなほどに頼りない。濡れた浴衣がぺったりと張りつき、それがよけいに彼の細身の肢体を強調した。

震える彼を抱き締めてやりたかったが、聡《さと》い阿澄に己の欲望を悟られてしまいそうで怖い。

晄久は阿澄を押し退《の》け、床に座り込んだ彼を見下ろした。

「話せるか？」

「父さんが……姉さんを、殺した」

「えっ？」

艶《あで》やかな美代のことを思い出し、晄久は硬直した。美代は昨年よりもずっと匂やかになっており、服装だって洗練されていた。阿澄の話では、理由は不明だったがちょくちょく帝都に出てきていたらしい。おおかた恋人でもできたのだろうと、そんな早熟なことを考えていた。

「阿澄、おまえ……悪い夢でも見たのか？」

「違う！」

突然、阿澄は声を張り上げる。よくよく見れば、阿澄の衣には血がべったりとついている。手や腕に飛び散った血は、雨でも落ちなかったらしい。

あまりに非現実的なできごとに、吐き気がしそうだった。

「殺したんだ……姉さんは、旦那様との……」

雷が外でぴしゃっと鳴り、彼はそこで言葉を切る。

阿澄の父が、どうしたって？

意味が、わからない。唐突に家族の話題が出てきたことで激しい不安と驚愕《きょうがく》が晄久を襲った。動揺のせいか、心臓が潰《つぶ》れそうなくらいに痛む。

「とにかく……父さんは……もう我慢できないって……」

阿澄の震えは止まらない。

頭のよい阿澄が、理由もなく嘘をつくはずがない。

「待ってろ、阿澄。あたたかい飲み物を持ってくる」

「でも」

「布団をかけてろよ。タオルも持ってくる」

「……はい」

阿澄は寒いらしく、自分の躰を両腕で抱いている。彼の上に薄手の上掛けを投げてやると、晄久は足音を忍ばせて階段へ向かう。

階下へ向かおうとした晄久は、恐ろしい形相で階段を上がってくる浴衣の父と鉢合わせになった。達弘の肩や髪は濡れており、外へ出ていたらしい。

「――父さん」

「阿澄は来ているか」

「え？」

どうして気づかれているのだろうと、晄久は息を詰めた。

「来ているようだな」

晄久の表情から事態を読み取ったらしく、達弘は険しい顔つきのまま晄久を押し退けようとした。

「どけ」

「待ってください！　あの家で何があったんです⁉」

「無理心中だ。今、医者を呼んでる」

「………」

こともなげに放たれた言葉が、晄久に理解ができるまで暫《しば》しの時間を要した。

無理心中？

信じ難かったがゆえに一瞬彼の言葉を疑いかけてしまったが、やはり、阿澄の言うことは本当だったのだ。

「父さん、阿澄をどうするつもりですか！」

達弘は答えなかった。

「父さん！」

その沈黙に恐怖を感じ、慌てて晄久は達弘の背中に取り縋《すが》る。

「阿澄に何もしないで！」

「勘違いするな」

振り返った父の顔は血の気が失《う》せ、まるで能面のようだった。

「追い出すだけだ」

「ど、どうして……」

「この一件は内々で処理させる。だが、生き延びた阿澄のことを警察が詮索《せんさく》すると面倒だ」

いや、きっと達弘はもっと別のことを恐れているのだ。

子供心に晄久はそう直感したが、それが何なのかまではわからない。

「でも、こんな夜に追い出すなんて！」

そうでなくとも阿澄は姉の死に衝撃を受けているはずだ。普通の感性の持ち主なら、義理とはいえ自分の父が姉を殺すなんて惨劇に、耐えられるわけがない。なのに、追い出すなんて非道すぎるではないか。

「子供は口が軽いからな！　どんな恐ろしい秘密であろうと暴露しかねん！」

荒々しい父の声が、家中に響き渡った。これでは、きっと阿澄に聞こえてしまう。

「一生墓の中にまで持っていくべき秘密も、口にしてしまう」

「父さん、阿澄はそんな人間では……」

「うるさい！」

振り払われた晄久の躰が、ふわりと浮き上がる。

「あっ！」

そのまま数段勢いよく転がり落ち、晄久は踊り場のところでやっと止まった。

「痛……」

痛みに顔をしかめた晄久のもとに、はっとした達弘が近寄る。

「大丈夫か」

「……はい」

捻《ひね》った足が痛かったが、今は阿澄のほうが大事だ。晄久は装飾の施された手摺《てす》りを摑《つか》み、無理やり立ち上がった。息子の無事を確かめた達弘は身を翻し、大股で子供部屋へ向かう。

足が痛いのも堪《こら》えて、晄久は必死に父の背中を追った。

年長の自分が、阿澄を庇《かば》わなくては。

ドアのところで、漸く晄久は父に追いついた。

「！」

達弘がドアを開け放った瞬間、冷えた雨滴《うてき》が礫《つぶて》のように顔にぶつかった。

窓は開け放たれたままで、カーテンが虚空《こくう》にはためく。

阿澄の姿は、ない。彼は出ていってしまったのだ。

「疫病神め」

唸《うな》るように呟《つぶや》かれた達弘の言葉が、棘《とげ》のように苦く晄久の心に突き刺さる。

――守れなかった。

何があっても守ると約束したのは、昨年のことだ。

今し方も阿澄は兎《うさぎ》のように怯《おび》えていたのに、彼に欲望を覚えたという負い目から、晄久は肝心なときに何一つ優しくしてやれなかった。

阿澄とは、たった一つの約束しかしたことがない。

なのに、その唯一の約束でさえも、晄久には守れなかったのだ。

すべては、自分が悪い。

彼に欲望を覚えてしまった晄久が悪かったというのに。

3

「では、行ってまいります」

前日、職場で阿澄《あずみ》の名前を思い出したせいだろうか。晄久《あきひさ》は昔の夢を見てしまい、久々に阿澄への追憶に耽《ふけ》った。

昔の夢を見たあとは、決まって深い悔恨の念に囚われる。

「参ったな……」

晄久は小さくぼやいた。

本来ならば、あの夜のことはあまり思い出したくない。

阿澄が姿を消した日、晄久の無邪気な子供時代は完全に終わりを告げたからだ。

凄惨《せいさん》な事件は、信司《しんじ》の遺書のおかげで呆気《あっけ》なく無理心中で片づけられた。その原因が新聞沙汰《ざた》にならなかったのは、達弘《たつひろ》が各所に金を積んだからだった。あのとき、世の中は金次第でどうにでもなるのだと、幻滅した記憶がある。

里中《さとなか》父娘の無理心中の原因は、どうやら、達弘が美代《みよ》に手を出したことにあるようだ。

尤《もっと》も、晄久が事実を知ったのは、だいぶあとのことだ。たまたま母のもとに来ていた叔母が、その話をしていたのを立ち聞きしてしまったせいだった。

さすがの晄久も衝撃を受けて心中では父を見限ったが、だからといって少年の晄久に家を出ていくような財力はなかった。

士族の気構えを持った祖父に鍛えられた晄久は、商売人になるより軍人になりたいと思っていたので、陸軍幼年学校の受験を希望した。そこには、国を守ることで行方の知れぬ阿澄をも守り、間接的でもいいから約束を果たしたいという強い願いがあった。職業軍人となった今はいつでも家を出られるが、母の具合が悪いため、あえて心労をかけることもないだろうと実家に留まっていた。父には借りを作りたくない一心で、給与の殆《ほとん》どを家に入れている。

夢を叶《かな》えて軍人になった今、こうして日々に忙殺されても、阿澄を忘れたことは一度たりともなかった。

まさか、あれきり二度と会えなくなるなんて、夢にも思わなかった。

阿澄はどこに行ってしまったのだろう。幼い少年が一人で生きていく手段なんて、そう多くはない。彼がどんな人生を歩んでいるのかは不明で、その生死すら定かではないのだ。

もしかしたら、犯罪に手を染めているかもしれない。どこかの屋敷で拾われてこき使われているかもしれない。あるいは、野垂れ死んでしまったか——。

生きていてほしいと願っている。彼の無事と幸福を祈ってやまない。

不本意にも阿澄と別れてしまったあのときから、晄久の願いは変わらない。

阿澄にもう一度、会いたい。

会って、謝りたいのだ。

あのときに勇気が出せず、阿澄を追いかけられなかったことを。

何よりも、約束したくせに、年下の阿澄を守れなかったことを。

幼い日の過ちは、今なお自分の心の中に残る小さな棘だ。それは抜けることなく、晄久の心を苛《さいな》み続ける。

「おはようございます」

「おはよう」

行き会う部下に敬礼し、晄久は兵舎へ向かう。兵舎は兵士たちの生活の場所で、晄久たちにとっては執務の場所でもあった。

隊付きの軍人の生活は、どうあっても単調だ。

昼間は教練があるが、これは部下たちや中隊長代理に任せれば問題がない。

まずは例の軍医に挨拶をしておこうと、晄久は席を立った。

通常ならば軍医は兵舎の診療室に勤務し、兵の病気や怪我の診療を行う。それが調査のため、しかも少佐相当という仰々《ぎょうぎょう》しい身分なのが解《げ》せなかった。

いずれにしても、一筋縄ではいかない人物に違いない。

「失礼します」

件《くだん》の部屋の前に立ってドアをノックすると、「誰だ」と問う涼やかな声が耳に届いた。

「相馬晄久大尉です。ご面会の約束をしております」

「入れ」

硬質の声音《こわね》に促されて部屋に入った晄久は、まだがらんとした室内の奥に視線を投げる。

窓の近くには机が一つ。そこに、軍服を身につけた青年が座っている。

刹那《せつな》、雷に打たれたような気がした。

「！」

青年の華やかな美貌から、目を逸《そ》らせない。

猫のように吊《つ》り上がった目。黒い瞳は底知れず神秘的で、吸い込まれていきそうだ。

小さな唇は桜色で、上品につんと尖っている。

まるで人形だ。

こんなに綺麗な男が世の中にいるのだろうか。

美形という言葉は同期で古馴染みの神領静《かみりょうしずか》のように特別な人物に使うものだとばかり思っていたが、これは……。

いや、そうじゃない。

咄嗟《とっさ》に口を衝いて出てきたのは、自分でも意外な人物の名前だった。

「阿澄？」

声が掠《かす》れた。

……馬鹿。こんなに麗しい人は、阿澄と全然似ていないじゃないか。

阿澄はあれだけ分厚い眼鏡をしていたから、視力のせいで身体検査を通過できるわけがない。顔だってそばかすだらけで、お世辞にも美形とは言えなかった。

そんなふうに、頭の中でさまざまな言葉が駆け巡る。

でも、これは阿澄だ。

無論、根拠なんてないただの直感だ。どこがどうしてとは説明できないものの、阿澄にしか思えないのだ。

「久しぶりだな。伊世《いせ》阿澄だ」

どことなく傲慢《ごうまん》な口ぶりは、当時の阿澄のものからはかけ離れている。しかし、姓ではなく阿澄が名というのはかなり珍しい。それに今、彼は久しぶりと言った。

やはり、これはあの阿澄なのだ。

ずっとずっと会いたかった、十数年前に別れたきりの、年下の幼馴染み。

わずかに開けられた窓から吹き込むのは帝都の秋風だったが、その冷ややかさが軽井沢の涼風を思い起こさせた。

一息に、甘い感傷が込み上げてくる。

ここが司令部でなければ、阿澄を抱き締めていたに違いない。

心臓が早鐘のように脈打ち、いつもの自分らしさを取り戻せなかった。

「以後、君には手の空いたときに僕の仕事を手伝ってもらう。上官の了承は取りつけてある。手始めに……」

口も利けない晄久などまるきり無視して、阿澄は淡々とした口ぶりで続ける。

「待て」

このまま仕事の話をされては敵《かな》わないと、晄久はぞんざいに男の言葉を遮った。

「何か？」

まただ。

語尾を上げただけの言葉遣いに相手の冷淡さを感じ取り、晄久は大きな違和感を覚えた。

無駄がない口調はともすれば傲然と響き、晄久の知る阿澄であれば、こんな反発されそうな態度をするわけがない。

それに、将校相当官は軍人としての教育を受けていない民間人なので、仮に位が高くともたいていはもっと人あたりがいいものだ。

「おまえ、本当に阿澄なのか？」

「君のその物言い、上官に向かって失礼だとは思わないのか」

阿澄の端的かつ冷ややかな指摘に、晄久は己の非礼を認識する。とはいえ、このまま捨て置いて仕事の話を続けられるほど、晄久は鈍感にはなれない。

「失礼いたしました。質問に答えていただけませんか」

いくぶん丁重な問いを耳にして、阿澄は艶やかな桜色の唇を歪《ゆが》めて薄い笑みを口許に浮かべた。

「久しぶりと最初に言っただろう？　僕の以前の姓は里中だが、今は伊世家の養子となった。父は伊世兵吾《ひょうご》という」

「！」

意外な再会を果たした以上、何を言われても驚かないつもりだったが、伊世兵吾の名を出されたことでさすがに動揺した。

そうか。これが、阿澄が特別扱いをされる理由なわけか。

特別というよりは、寧《むし》ろ触らぬ神に祟《たた》りなしといったところに違いない。

伊世兵吾公爵は大正時代に活躍した政治家だった。

明治の大政治家である嵯峨野経行《さがのつねゆき》、山岸直武《やまぎしなおたけ》らからは遅れるが、確かに一時代を担った男だ。既に引退したが大臣を歴任し、今なお政界に隠然たる影響力を持つ。薩摩《さつま》出身の兵吾は伝統的に海軍に肩入れしているため、陸軍は兵吾にはひどく気を遣っていた。おそらく今でも、何かあれば陸軍の次年度の予算を減らすくらいの力は持っているはずだ。

「どうしてだ？」

「………」

「俺はあれからおまえを探したんだ。いったいどうして、伊世公爵の……」

抑えきれずに、一息に言葉が迸《ほとばし》る。机に両手を突いて身を乗り出し、熱心に問う晄久に、阿澄は冷ややかな一瞥《いちべつ》をくれた。

「職務中、雑談は不要だ」

「何だって？」

冷淡な台詞《せりふ》を放った阿澄は、目を伏せてから自分の唇をちろと舌先で湿らせる。何気ないその仕種《しぐさ》にどきりとして、晄久はなぜか彼に見惚《みほ》れた。

「君は中隊で、仕事中の私語を許しているのか？」

鋭い指摘を受け、返す言葉に詰まる。

阿澄は晄久との再会に心の準備はできていただろうが、当の晄久は別だ。もっと話したいこと、確かめたいことは山ほどある。

しかし、彼は立場上は晄久の上官だ。

「申し訳ありません。では、後日個人的に昔話をしたいのですが」

「それも却下だ」

「どうして！」

「――過去は、忘れた」

一拍の沈黙のあとに、阿澄が低い声で呟く。

「忘れた？」

「全部捨てたんだ」

どうしてだろう。刹那、淋しげとも思える声音が鼓膜を擽《くすぐ》った。

「だから、君とするような昔話は何もない」

「な……」

言葉を失って詰め寄る晄久に阿澄が向けた視線は、こちらがはっとするほど虚《うつ》ろだった。

まるでそこだけ仄暗《ほのぐら》い洞《うろ》のようだ。

……違う。

阿澄はこんな目をするような少年ではなかった。

昔の明るいいばかりの阿澄を思い出す。

決して美形ではなかったが、阿澄には何とも言えない愛嬌《あいきょう》があった。

なのに、今の阿澄は美しいだけの抜け殻のようだ。

彼がこうなる原因を作ったのは、自分ではないのか。

稚《いとけな》い阿澄を守れなかった、約束を破ってしまった少年時代の自分自身の罪を見せつけられているのだ。

瞬《まばた》きをした阿澄は、もう先ほどまでの傲岸な表情に戻り、強いまなざしで晄久を睨みつける。あたかも、おまえは敵だとでもいうかのように。

「僕は君の知ってる里中阿澄じゃない。彼はもう死んだ」

でも、生きている。阿澄はここにいる。

それは事実ではないのか。

とはいえ、深く追及すれば阿澄に先ほどのように暗い表情をさせかねない。それは不本意だった。

「わかりました。その話は置いておきましょう。――それで、私は何を手伝えばいいのですか？」

晄久の問いに対して、阿澄の返答はわかりやすかった。

「僕の任務は、近衛第一師団の兵士たちの健康調査だ。身体能力を改善することが第一目標だが、性病及び肺病についても調査したいと思っている」

「はい」

「とはいえ、漠然と調査をしても時間の無駄だ。そのためにも君には何かと相談に乗ってほしいと思っている。質問は？」

無論、たくさんある。

今までどうしていたのかとか、なぜ伊世公爵の養子に収まったのかとか、数え上げればきりはない。しかし、そのいずれもが個人的な質問であり、阿澄に言わせればこの場でするには不適当だ。

「……特にありません」

「今週中に質問票を作るので、それに答えるように兵士には指示してほしい。また、回収したときに君に……いや、君の中隊の誰かに集計を手伝ってもらいたい。以上だ」

「わかりました」

話す内容を決めていたかのように、阿澄の言葉には淀《よど》みがなく無駄もない。

晄久は複雑な気分で阿澄をじっと見つめる。昔はそばかすだらけだったのに、今やしみ一つない綺麗な膚だった。

まるで、アンデルセンの『みにくいアヒルの子』だ。成長すれば容姿ががらりと変わる人間はいるが、阿澄の変化は劇的だ。

外見の変化は、人を変質させるに十分なものなのかもしれない。

「では、退室して結構だ」

「はい。失礼いたしました」

敬礼をした晄久は阿澄に背を向け、扉を開けて出ていく。ぱたりとそれを閉め、小さく息をついた。

まざまざと甦《よみがえ》ってくるのは、甘酸っぱい気持ちだ。

この胸の高鳴りがなんなのか、晄久にはわかっている。

成就し得なかった初恋の記憶だ。

男女という性別を超えて、晄久は阿澄に恋をしたのだ。

我ながらおかしいとは思ったが、あのときの自分は阿澄を好きになってしまったのだから仕方がない。

けれども、その恋が劇的に終わってしまったがゆえに、晄久は未《いま》だにその稚い思いにけりをつけられずにいる。

同性に惚《ほ》れたのは、今のところ阿澄だけだ。

それどころか成長して人並みに女性に心惹かれることも、つき合ったこともある。

なのに、どんな相手と一緒にいたとしても、阿澄の純粋さや率直に示された好意の甘さと比べてしまう。

おかげで自分はまだ、独り身だ。

たとえ誰が相手であっても、阿澄ほどには愛せないと知っていた。


「ふざけないでよ！」

鋭い女性の声があたりに響き、夕暮れの道路を歩いていた晄久は顔を上げた。

大衆向けの居酒屋が多いこの界隈《かいわい》を行き交う人々が、何ごとかと言いたげにそちらに視線を投げかける。

「酌婦の分際で、すかしてるんじゃねえよ」

一組の男女が路上で言い争っている。女性のしゃべり方は関東のものだったが訛《なま》りが強く、東北から来たのだろうと容易に想像がついた。

女性の着物は色褪《あ》せた銘仙《めいせん》で、この時期には寒いものだ。

男も裕福とはいえないが、女性よりはまだ金のありそうな身なりをしていた。

「どうせ金さえ出せばすぐに足を開くんだろ？」

「！」

彼女は言葉に詰まった。

このところの毎年の凶作により、殊に東北の農村地帯の人々は貧苦に喘《あえ》いでいる。年頃の娘を遊廓《ゆうかく》に売り、何とか金を得ようとしていた。おそらく彼女は年齢的に遊廓に行くこともできず、酌婦になることを選んだのだろう。

貧苦ゆえに身を落とさざるを得ない女性は、世の中に何万人といる。

暗い時世を映すようなこんなやり取りに出会うのは、日常茶飯事だ。

「おまえらみたいな貧乏人に、選ぶ権利なんてあるわけないんだ」

「あるよ！　あんたみたいな乱暴な……」

むっとした男が手を振り上げたので、晄久は咄嗟に背後から彼の腕を摑んだ。

「何しやがる！」

「女性に乱暴はやめろ」

晄久が言うと、男はがばっと振り返った。

「んだよ、軍人か。ただ飯ぐらいのくせに」

馬鹿にした様子で言ってのけると、男は舗装されていない道に向けて唾《つば》を吐いた。そして、手を振り解《ほど》こうと頻《しき》りに腕をばたつかせた。

「彼女に謝らないか」

「はあ？　このご時世で買ってやるやつがいるだけましってもんだ。急に出てきて文句つけるなんて、無粋だな」

男は「興醒《きょうざ》めだ」と吐き捨て、力を込めて晄久を押し退けた。彼はそのままずかずかと道を歩いていってしまう。

「大丈夫か？」

未だに震えている様子の女性に声をかけると、彼女はふいと顔を背けて言い放った。

「放っといてよ！　助けなんて頼んでない」

「それは悪かった。たちの悪い男には気をつけろよ」

これだけ元気なら、平気だろう。

晄久は苦笑を口許に刻み、再び足早に歩きだす。

戦争もない中、役立たずの軍人が民衆に嫌われているのは百も承知で、今更、こんなことには傷つかない。

ただ、この国の先行きの暗さを思えば明るい気分ではいられなくなる。

おまけに、今日顔を合わせた阿澄のこともまるで消化しきれていない。

どうして阿澄があんなふうに変わってしまったのか、知りたい。

約束に遅れているのも、帰りがけなら阿澄と話せないかと思って司令本部に立ち寄ったせいだが、一足遅く、彼は帰宅した直後だった。しかもそのあとで連隊長に捕まってしまい、見合い話を持ち込まれそうになったのを慌てて断ったというおまけつきだ。

「晄久、こちらだ」

馴染みの飲み屋の縄暖簾《なわのれん》をくぐると、待ち合わせをしていた男が右手を挙げた。

「待たせて悪い」

「なに、たかだか十五分だ」

にこやかに微笑する神領《かみりょう》 静《しずか》は、陸軍省参謀本部でも有名人だ。

陸大においては常に晄久の次席だったが、成績よりもその華やかな美貌で常に話題を攫《さら》っていた。

士官学校のときも晄久の補佐を務め、後輩たちが麗しい主従関係などと持て囃したものだ。

無論、二人のあいだには主従関係などというものはないし、身分は華族である静のほうが上だ。単に、リーダーシップを取って目立つのを嫌った静が影から晄久を操縦していたというのが相応《ふさわ》しい。

静とは幼年学校に入る前の、学習院のときからの友人でもある。つき合いが一番長いのは気が合うからで、幼年学校や士官学校の厳しさを耐えられたのも、お互いに相手がいるからだと信じていた。

「……奢《おご》るよ」

「ありがとう」

静は軍人とは思えぬほどの美貌の持ち主で、社交界でもいつも注目の的だった。長い睫毛《まつげ》に覆われた瞳と、尖った鼻筋。薄い唇に、華奢な顎《あご》。

美青年というなら阿澄も張るが、静の場合は阿澄よりもずっと派手だ。おそらく髪と目の色が鳶色《とびいろ》に近く、どこか西洋人めいた雰囲気があるせいだろう。

静の得意とするのは馬術なので、近衛師団の騎兵隊からも引き合いがあったらしい。実現していれば、さぞや華麗な騎兵になったに違いない。

「おまえと二人で呑むのは久々だな」

「たかだか一か月ぶりじゃないか」

「先月はやけに忙しかったんだ。参謀本部《そっち》は？」

「うちはいつもどおりだ。戦争にでもならなければ、暇で仕方がない」

向かいの椅子に座した静は薄い唇を綻ばせ、猪口《ちょこ》に注《つ》がれた日本酒を口許に運ぶ。

「馬鹿、滅多なことを言うなよ」

ワシントン海軍軍縮条約以来の世界的傾向ゆえに軍縮を余儀なくされているが、それでもなお軍人は庶民の税金を食い潰す金食い虫と毛嫌いされる昨今、戦争を望んでいると受け取られれば、酒場でも喧嘩を吹っかけられかねない。

「君もどうせ書類と戯れるなら、うちに来ればよかったのに」

「教練にも参加しているよ。このあいだも新しい展開を試したところだ。歩兵の……」

歩兵の動きを、と言いかけたところで静があまり興味のなさそうな顔をしたので、晄久は咳払《せきばら》いをして別の言葉を続けた。

「上層部の思惑はどうあれ、現場と関係を作るのも大事なことだ。陸軍はどうしても参謀と軍隊の意識が乖離《かいり》しがちだからな」

言い終えた晄久は、つまみの漬け物を囓る。この飲み屋は酒も肴《さかな》も安価なうえ、何よりも有り難いのは軍人が呑んでいても白い目で見られない点だ。もともとこの店の主人の旦那が軍人だったそうで、それもあって軍人には好意的だ。

「さすが優等生。上は内偵しろって君を送り込んだんだろうけど……その意見、本気で言ってるんだから、やっぱりすごいよ」

嫌みや皮肉に聞こえかねないが、これは静なりの最大限の賛辞だった。

「ありがとう」

陸軍に存在する不満分子の数は、昭和に入って危惧されるほどになった。確かにそれ以前にも共産主義にかぶれた軍人などもいたが、国の未来を愁《うれ》い、苛立《いらだ》ちを抱える昨今の青年将校たちとはまた違う。今の青年将校たちには歪《いびつ》な情熱があり、それが暴発することを上層部は案じていた。

兵士には農村出身の者も多い。先ほどの女性のように身売りをする者を間近で目にして貧困を膚で感じ、国民の窮状の根本には政府の腐敗があると考える兵士もいた。

中には、私利に走る奸臣《かんしん》を除かぬ限りはこの国に未来はないと思い込み、上層部を焚《た》きつけて武力蜂起《ほうき》し、国体を変えようとする過激な急進派もいる。

そんな青年たちの意見を聞き、上手《うま》くガス抜きをする――それが晄久の与えられたもう一つの任務だった。憲兵たちが上から取り締まり、押さえつけるだけでは彼らの不満は解消されない。ならば、現場にいる者が目を光らせたほうが効率がいいというわけだ。

順風満帆に軍人の王道を歩いてきた晄久が近衛師団に送り込まれた意図は、一兵卒から見ても明白で、それゆえに晄久の存在が事前に制御装置として働くのではないかという考えもあるらしい。

「おまけに、爽やかすぎて嫌みだ。わかってるのか？　君は実験台にされてるんだ」

「それなりに器量があるやつでなければ、上だって実験台になんてしないさ」

「相変わらずだな、おまえは」

「褒めているのか？」

「そうだよ」

こういうときの静は、純粋に晄久をすごいと思ってくれているようだ。

もともと静は端整な容貌に反して辛辣《しんらつ》な一面があり、士官学校時代も言い寄ってくる連中を次々やり込めていた。先輩に対してもこの態度で、言い寄る男どもを無遠慮に袖にしまくったが、「綺麗な花には棘がある」とか「媚びないところがいい」などと評され、ますます人気が上がったほどだ。

遊び人という根強い噂もあるが、静がその実状を晄久に漏らしたことはない。

静とは親しいものの、彼の中には他人に踏み込めない薄い膜のようなものがある。強引にそれを暴こうとすれば、笑顔で拒まれる。随分前に酔った勢いで不用意にそのあたりに触れてしまったことがあるが、剃刀《かみそり》のように鋭い笑みと共に拒絶され、晄久はそこに静の知られざる本質を見たように思った。この男は一度心に決めれば、それを永久《とこしえ》に秘する情熱と冷静さを兼ね備えている。その本心を他人に見せることはないのだ、と。

そんなふうにただのひ弱な華族のお坊ちゃんでないところが、静の一番の長所だ。誰にも頼らずに独力で道を切り開こうとする気概としたたかさがあるからこそ、晄久との友情も長続きするのだろう。

「ところで、例の婚約者殿は元気か？」

「待てよ、静。あちらの親御さんに希望はされているが、まだ婚約してない。おまえ、妙な噂は撒《ま》き散らすなよ？」

婚約なんて、冗談じゃない。

晄久にしてみれば、軍隊での自分の任務をこなすのに精いっぱいだ。

それに、自分は未だに初恋の幻影を消し去れない。阿澄に対する思いが消滅しない限り、結婚なんてできるはずがなかった。

おまけに、阿澄は唐突に晄久の目の前に現れたのだ。

何の予告もなく。

「へえ？　それにしては、防衛戦を突破される寸前らしいじゃないか」

からかうような口調に、晄久は渋い顔になる。

「持ちこたえてみせる。男爵家の令嬢なんて、一介の軍人には勿体ない話だ」

「そんなに頑《かたく》なにならなくても、初音《はつね》さんなら若くて可愛らしい。華族と縁続きになるのは、おまえの家の商売でも有用だ」

初音は名門である鷹野《たかの》男爵家の令嬢で、友人の妹に当たる。今時の女性らしく髪を短く切り揃《そろ》え、愛くるしい外見だが、当の晄久にはそのつもりがまったくない。

「結婚するくらいなら、養子を取るよ」

「その歳で結論を決めるのはまだ早い。それに、君のところはいざとなったら雅子《まさこ》さんがいるだろう？」

「ああ、そうだな。雅子はおまえに夢中だ。熨斗《のし》をつけてやるから、もらってくれよ。おまえの家なら、華族と縁続きになれて父も万々歳だ」

晄久が冗談めかして言うと、静は肩を竦めた。

「僕だって好きな人がいるよ。それに、うちはその点、跡取りの問題がない。僕は好きなように遊ばせてもらう」

静の姉夫婦は円満だし、順調だと言いたいのだろう。

静の好きな相手のことを、一度くらいは聞いてみたい。そんな気持ちもあったが、今は晄久の胸の内にわだかまるものを吐き出したいという衝動が勝った。

「――なあ」

「ん？」

酔いに微《かす》かに潤んだ目。艶やかな横顔を見せ、静は何気ない調子で聞き返す。

「おまえ、阿澄を覚えているか」

「アズミ？」

美しい箸《はし》使いで煮魚を崩していた静はわずかに眉を顰めてから、すぐに「ああ」と合点がいったように頷く。

「軽井沢の別荘番の子だろう。分厚い眼鏡をかけて……素朴な顔つきで。君のお気に入りじゃないか。忘れたりしないよ」

阿澄があまり人目を惹く容姿ではなかったことを、静は彼なりに味のある表現をした。

幼い頃は相馬家と神領家は互いの別荘が近く、晄久はしばしば静のところと自分の別荘を往《い》き来《き》した。しかし、学校に行けばいつでも会える静よりは、休みのあいだしか遊べない阿澄のほうを優先しがちで、早熟な静にしばしば揶揄されたものだ。

おまえはあの子を好きなんだろう、と。

そのとおりだった。

「そうだ。あの阿澄だ」

そもそも、処女は破瓜のときに血を流す——などという無用な知識を晄久に吹き込んだ張本人が、この静なのだ。早熟な彼はそういう無意味な知識を晄久に授けては、困惑する様を楽しんでいるようだった。

「……あの事件のあと、行方不明になったんだろう？」

「ああ」

「うちの別荘にも警察が聞き込みにきた。僕もよく覚えているよ」

無理心中なのは明白だったが、現場にいたはずの子供が一人消えたとなっては捜す必要があった。しかし、刺し傷の角度が大人の男でなければ無理なこと、里中が遺書を残していたこと、そして達弘の証言もあり、阿澄の行方がそれ以上追われることはなかった。

「阿澄がどうした？　まさか、まだ忘れられないっていうんじゃないだろうな」

「忘れられないのは事実だが、じつは再会したんだ」

「そうなのか！」

いつもであれば人をからかうような食えない笑みを浮かべる口許を引き締め、静は珍しく真顔になった。

「よかったじゃないか。おまえはずっと探していたから……念願叶ったんだな」

子供だった頃は、阿澄を探す方法は限られていた。せいぜい学校の仲間にそれらしい人物を知らないかと尋ねるくらいで、晄久はすぐに手詰まりになった。幼年学校や士官学校でも聞いてみたが、不成功に終わった。

そのうちに、馬鹿げたことをしていると思って阿澄を探すのをやめてしまった。日本には何千万人も住んでいるのに、名前以外の手がかりを持たずに誰かを探すのは無謀だった。おまけに、あの悲劇的な大震災もあったからだ。

とはいえ、陸大に京都出身の友人はいたのだから、諦《あきら》めずに聞いていれば情報は得られたかもしれない。もっと根気よく阿澄を探すべきだったと、晄久は心中で反省していた。

「でも、どこで？」

「うちの連隊の軍医になった」

「医者か。それはすごいな」

静は素直に賞賛を口にした。使用人の子が医学の道を究めるのには、どれだけの努力を要するか、想像に難くない。能力は無論、学資だって必要だった。

「猛烈に優秀な医者になって、俺より階級は上だ。そのうえ信じられないくらいに綺麗になってた。まさに、童話並みの変身だ」

「君よりも？　まあ、階級に関しては単純に比較できないが、顔に関しては君の欲目だろう？　あんなに阿澄阿澄ってうるさいくらいで……傍《はた》から見ていて、君が惚れてるのは丸見えだった」

「本当に美人になったんだ」

「あの眼鏡が？　たかがしれてると思うけどねえ」

からかうような台詞《せりふ》に取り合っていられず、晄久は「いいから、まだ続きがある」と先を急いだ。

「まだあるのか？　いったいどんなふうに僕を驚かせるつもりだ？」

静が冗談めかした口調で言ってのけたので、晄久は彼を軽く睨んだ。

「阿澄は伊世公爵家の養子になっていたんだ」

「……伊世って、伊世兵吾か？」

「そうだ。ほかにどの伊世公爵がいるんだ」

揶揄されたことで不機嫌になった晄久の発言に、静は困惑したようだ。

それもただ言葉を封じられたという様子ではない。

何か引っかかることがあるとでもいいたげな、そんな顔だった。

彼は俯き、視線を彷徨《さまよ》わせる。晄久と目を合わせようとしないのはわざとではないらしく、本気で躊躇《ためら》っているようだった。

「どうしたんだ？」

「——もしかして、その阿澄はドイツ帰りか？」

「そうだ」

何か不穏な噂でも耳にしたのだろうか。

社交界でも派手に振る舞う静のもとには、必然的にさまざまな情報が入る。善悪や真偽を問わず何もかもが手に入るので、諜報活動にうってつけだと同期にはよくからかわれていた。

静は猪口を口に運び、酒で舌先を湿らせる。そして、今度はやけに真剣な顔つきで息を吐いた。

「……そうか」

重々しい声だった。

「あれが、阿澄か。彼なら先月、僕も劇場のロビーで見かけた」

「そうなのか？」

「ああ。当時はただの医者という触れ込みで、軍医とは聞いていなかったな。男だてらに凄《すさ》まじい美形で、噂の的だった。まさか、君の探し人とは思わなかったから、報告もしなかったんだ」

噂とはいったいなんだろう？　阿澄が問題を起こしたのだろうか。

高慢ともいえる阿澄の態度を思えば、何かしら面倒なことを起こしてもおかしくはない。

「阿澄が留学から戻ってきたのがこの夏で、公爵が社交界にデビューさせたばかりだから、彼の周辺は何かと騒がしいんだ。もともと、伊世公爵の後継者になりたい人間はごまんといる。そのうえ調べてみれば彼は平民で、阿澄を養子にするために伊世公爵が宮内省に捻《ね》じ込んだ過去まであるらしい。ところが、当の公爵は阿澄の出自を明かさないし、腕利きの記者が探ってもわからないんだとか。おかげで、かしましい連中は気になって仕方ないというわけだ」

華族の養子縁組には面倒な規定があり、宮内省の許可が必要となる。

静の言うとおりに伊世公爵ほどの人物が、胡散臭《うさんくさ》い子供を拾ってきてまで養子に据える理由などない。己に忠誠を尽くす人間など、それこそ数限りないだろう。そこから選べばいいだけだ。

「公爵はあえて、どこの誰とも知れない人物を養子にしたんだ。何か素晴らしい魅力があると考えるのも当然だ」

「顔が綺麗だし……頭がいいのは認める。ほかに、何かあるか？」

「わかりやすいのは、おまえの言うとおりに顔だな。人形みたいに楚々《そそ》とした美貌。でも、ふとした瞬間におそろしく色っぽい顔をする。漆黒の目がまるで深い淵《ふち》みたいに男を惹きつけるって評判だ」

「なんだか凄まじい美辞麗句だな。確かに阿澄はびっくりするほど綺麗になっていたが、大袈裟すぎやしないか？」

口に運んだ酒は、すっかりぬるくなっていた。

「おまえが世間を知らなすぎるだけだ。とにかく、そういう尾鰭《おひれ》のついた美形の若い息子が登場したんだ。おまけに公爵はご高齢で未婚の薩摩男だ。隠し子という線は考えにくい。噂にならないわけがないだろう？」

含みのある口調だったが、まるで理解できない。晄久にとって伊世公爵は、矍鑠《かくしゃく》としているが所詮はただの老人だ。

「……鈍いな、おまえ。陸軍の伝統を忘れたか？　あれと同じだ」

「あ……！」

漸く思い当たったのは、陸軍内部に蔓延するあの風潮だ。

ショウネン——ドイツ語で美しいを意味する shöne からきているとも言われるその単語は、いわば稚児にもなれそうな容姿の美少年のことを指していた。

晄久も顔立ちが整っていたので危険性はあったものの、幸いにして幼年学校入学直後にぐんぐん背が伸びて顔立ちも精悍になった。そのため、腕っ節を恐れた上級生は晄久に手を出さず、彼らの毒牙《どくが》から逃れられたのだった。

でも、あの阿澄が？

言われてみれば、人形のように端整な美貌だったが、相手は老人ではないか。

「いや……だって、あのご高齢だ。ショウネン趣味とはいえ……その……」

——許せない。

狼狽《ろうばい》よりも先にその感情が込み上げ、晄久の胸は熱い怒りに彩られた。

よりによって、阿澄を？

可愛くて綺麗だった阿澄を、金と権力に飽かせて手折《たお》ったのか。

あの晩、阿澄が生きるために逃げ出した以上は、そこには相当な決意があっただろう。彼は事件とは無関係なところで生きたかったに違いない。

しかし、だからといって、己の父親よりも年上の公爵を平然と誑《たぶら》かせるものだろうか。

「阿澄は綺麗だし、おまけに妙に蠱惑《こわく》的というか……端々で二面性を感じさせる。それで噂はますます大袈裟になった」

「二面性？」

「昼は淑女、夜は娼婦《しょうふ》ってやつだ」

なるほど、と晄久は内心で唸った。

阿澄の仕種に何かしら艶《つや》があると思ったら、そういうことか。

実際、阿澄は昔から妙に色っぽいところがあったのだ。

西瓜の果汁を舐めたときの、あの舌の動きのなめらかさ。

「尾鰭がついたのは、たぶん、公爵が彼を眞野《まの》伯爵に預けていたせいだ。妬《や》けるじゃないか」

「妬ける？」

「あ、いや、言葉の綾《あや》だ」

即座に打ち消し、静はあとは常日頃と変わらぬどこか摑みどころのない調子で続ける。

「彼が京都に隠して、舐めるように可愛がったっていう話だ」

京都帝大出身である理由は、それで納得がいく。

暫く地方に隠しておいて頃合いを見て社交界にデビューさせるというのは、いい手段だった。時間が経てば、出自を探るのが難しくなるからだ。

「眞野伯爵はおまえの親戚だったな。それなら、彼に阿澄のことは聞かなかったのか？」

眞野巳継《みつぐ》伯爵は優雅な物腰の壮年で、おまけに社交界でも名うての風雅人だ。

四十も近い彼は遊び人として知られ、泣かせた男女は数知れずという、晄久とは縁遠い世界に住む人物でもある。同じ遊び人の静は、眞野の存在に感じるものがあるのだろう。

「うちの叔母の旦那の妹が、眞野家に嫁入りしたんだ。冠婚葬祭で顔を合わせるくらいだし、いくら何でも養い子のことまでは聞かないよ」

ややこしい人間関係だが、要するに血の繋《つな》がりのない遠い親戚だ。

「気の毒に。伯爵の細君はさぞや泣かされているんだろうな」

眞野の噂を知る者としては、同情を禁じ得なかった。

「いや、そうでもない。彼女は一見すると大和撫子《やまとなでしこ》だが、じつはかなりしたたかな女性だ。それに、なんだかんだで眞野さんは人あしらいにかけては天下一品だ」

「ただの八方美人だろう」

酒の勢いもあり、思わずきつい言葉を使った晄久を見やり、彼はくすりと笑った。

「君のほうこそ妬いてるみたいじゃないか」

「やめよう、その話は泥沼だ」

休戦を申し入れると、静は笑みを湛《たた》えたまま同意を示した。

「納得したか？」

「まさか。外見から人を判断するのは早計だし、無意味だ。俺は阿澄のことをよく知っている。彼が認めない限りは、噂は全部嘘だと見なす」

晄久はきっぱりと断言する。

「だったら、阿澄と昔みたいに接することができるのか？」

「当然だ」

「君のは友情じゃないだろ」

からかうような口ぶりに、晄久は苦笑する。

「そうだな、俺は阿澄を好きだ」

「何でそうなるんだ。僕が言いたいのは、目を覚ませってことだ」

「目を？」

「そうだ。言いたくないが、十やそこらの子供が一人で生き抜こうと思ったんだ。どんなに汚れても文句は言えない。君の初恋は終わったんだ」

静の言い分は理解できるが、かといって容易《たやす》く諦められるような思いでもない。

阿澄に会ったときから、晄久の中で眠っていた、忘れ難い思いが甦ってしまった。

人はそう簡単に己の本質を変え、過去の自分と訣別《けつべつ》できるのか。

それが見極められない以上は、再会した阿澄を別人として処理することなど、無理な話だ。

神の思《おぼ》し召しか、人の思惑か、二人は再会してしまったのだ。


……足が、痛い。

全身を殴るような雨の前では、薄く粗末な浴衣など役に立たなかった。枝に引っかけたせいで繕っていた部分が破れ、今にも袖《そで》が取れそうだ。

草履《ぞうり》も脱げてどこかへいってしまったので、阿澄は裸足だった。

走って、走って、走って……。

走らないとあの男に殺されてしまう気がするから。

相馬達弘。

夏だけ遊ぶ幼馴染みの晄久の父だが、阿澄は達弘のあの苛烈《かれつ》さが苦手だった。作家の夢を諦めた父の信司に小説を書くよう強要して虐《いじ》めるし、父の不機嫌はすぐに阿澄への八つ当たりに変わったからだ。

そんな達弘と自分の母が不義の関係にあると、阿澄は幼い頃から気づいていた。だが、それが何を意味するのか具体的にわかったのは最近のことだ。それでも、一年のうちたかだか一月のことであれば、大人のあいだにある性的な匂いから顔を背けることは可能だった。

父はしばしば、達弘について愚痴《ぐち》を零していた。同級生とはいえ、達弘の信司へのこだわりは、確かに子供心にも異常に映った。だから、達弘が別荘番の職を宛《あて》がったのは、体《てい》よく阿澄の母を囲うためだったと信司が言っても、阿澄には頷けなかった。

達弘が母の中に何を見出しているのか、幼くとも人一倍聡い阿澄は薄々勘づいていたからだ。

昨年母が亡くなった前後から、年頃の姉が急に美しくなった。そのことを父が憂えているのは知っていたし、姉はしょっちゅう達弘に帝都に呼ばれて——だめだ、それ以上は。

考えてはいけない。考えれば不幸になる。

理由はわからないものの、達弘は阿澄を嫌っていた。

あのとき、階段で激高した達弘が放った恫喝《どうかつ》は、阿澄の耳にも届いていた。

自分が醜聞のすべてを知っていると気づかれれば、殺されるかもしれないとも思った。達弘は金持ちだったが、世間に許される以上のことをしてしまっていたからだ。

口を封じられてはたまらない。

それに、自分が留まれば警察に事情聴取されるのは当然の帰結だ。

なぜ父は姉を殺したのかと聞かれたら、正直に告白せざるを得ない。

真実を答えたくなくとも、子供の阿澄には誤魔化す自信がない。

だから、答えないで済むように逃げるほかなかったのだ。

ふらふらになった阿澄が逃げ込んだのは、普段ならば人気《ひとけ》のない洋館だった。華族様の別荘だと知っていたものの、そこのあるじは滅多にやってこない。忙しい政治家だと知っていたので、潜り込んで当座をしのげると考えたのだ。

しかし、意外なことにその夏に限って滞在者があった。

それが自分の養父となった、伊世兵吾公爵だった。

庭に倒れていた阿澄を拾った使用人は親切で、阿澄を追い出したりせずに、それどころか公爵の許可を得て介抱してくれた。

疲労と衝撃から高熱を出した阿澄が口を利けるようになったのは、一週間後のことだ。

「相馬の使用人の子だそうだな」

面会で真っ先に聞かれたのは、そのことだった。

「……そうです」

隠しても仕方がないので、阿澄は頷く。醜い顔を隠したくて、道中で片方のレンズが割れてしまった眼鏡をかけていた。

「ふむ」

顎を撫《な》でた兵吾は目を眇《すが》め、阿澄をまじまじと見つめた。

「じつに醜怪な事件だったそうだな。実の親が己の娘に手をかけるなど」

あえてあの事件を醜怪と表現した老人の口調には、愚かな大衆への軽蔑《けいべつ》が籠もっているようだった。

さすがに答えられずに、阿澄は黙りこくる。

「——おまえ、生まれ変わりたいか？」

「え？」

「死んで輪廻《りんね》に戻るよりは、ここで生まれ変わったほうがいいぞ」

何を言っているのか、と思った。金だけでなく、地位も名誉も持つ老人の世迷い言か。

阿澄のような貧乏人が、いくら望んだって生まれ変われるものか。

「今更、相馬に戻ったところで適当な金を渡されて追い出されるだけだろうな。あるいは……」

始末されかねない、と兵吾は言外に匂わせる。

「もしおまえにそれだけの価値があるのなら、わしの手許《てもと》に置いてやろう」

「本当、ですか？」

阿澄は目を瞠った。自分の目に映る世界は、ただ一つのものを除いては何もかもが灰色だ。それが変わるのだろうか。

「そうだ。どうする？」

この先のことなんて、何一つ考えたくない。

悲しみに浸る時間なんて、いらなかった。そんなものがあればよけいに苦しくなるだけだから。

この先の自分は、相馬家に近づくことはできない。近づけば最後、晄久に迷惑をかける。

晄久に無理心中の真相を聞かれたら、真実を隠せない。

あの鋭い瞳の前には、嘘なんてつけないから。

それに、阿澄は絶望するだけの世界の醜さを、既に突きつけられていた。

もう、今までと同じようには生きていけない。

「おそばに置いてください。お願いします」

阿澄が深々と頭を下げると、彼は満足げに「よかろう」と頷いた。

兵吾の気まぐれの原因が当時はよくわからなかったが、今ならば理解できる。

おそらく、兵吾は阿澄が新興成金である相馬家に対する、何らかの切り札になると思ったのだろう。

要するに、父と子は互いを利用し合うことに決めたのだ。

阿澄は死ぬ勇気すらなかった。

あの晩目にした死を恐れ、どうしても生きたいと望んだからだ。

それゆえに、生きていくためには、何だって武器にできた。楚々と振る舞えと言われればそうしたし、妖婦のようになれと言われればそれさえも懸命に演じた。

変わらないのはただ一つ、この胸の奥にある気持ちだけ。

自分がどんなに歪んでも、姿かたちを変えたとしても、そこだけは変わらない。

阿澄は京都にある兵吾の親族——眞野巳継の別宅に住み、そこから学校に通った。尋常小学校にしか行ったことがなかったので、学問は純粋に楽しかった。京都は初めてだったけれど、長野を離れてしまえばどこでも一緒だ。どうせもう二度と晄久には会えないのだから、遠ければ遠いほど気持ちが楽になった。

それでも最終的に軍医になったのは、単なる未練ゆえだ。

少年期、晄久は軍人になりたいという夢を時折語ったが、実現されたかどうかはまったく知らなかった。ただ、己も軍に関係のある仕事に就けば、どこかでこっそり彼を見られるかもしれないと思ったのだ。軍人になるには体力にも体格にも自信がなかったので、医者という選択はちょうどよかった。

けれども、今は猛烈に後悔している。堪《こら》えきれずにドイツから帰国し、再会してしまったことを。いや、軍医になってしまったことそのものを。

すべては眞野の差し金で、本来ならばこんなにも晄久に近づくつもりはなかったのだ。

会ったら会ったで、辛くなっただけだ。

こちらが驚愕するほど、晄久は変わらなかった。

怖くなるくらいに……何も。

昔のとおりに人懐っこく、優しく、そして阿澄に変わらぬ親しみを抱《いだ》いてくれていた。

なのに、外見は阿澄の想像以上に男らしく精悍になっており、胸が高鳴るばかりで冷静さを装うので必死だった。だから、もっと腰が低くないと角が立つとわかっていても、彼に対しては殊更冷たい態度を取らざるを得なかった。

何から何まで、晄久は阿澄の理想のままだった。

阿澄の世界に存在している、唯一色づいて鮮やかなひと。

阿澄はため息をつき、文机《ふづくえ》の上に腕を投げ出してそこに顔を埋《うず》める。

「晄久様……」

気を抜くと、晄久様と昔の呼び方で彼を呼んでしまいそうだ。

ずっと呼びたかった。

晄久様、晄久様、晄久様。

本当の意味すら失って形骸化《けいがい》した呪文《じゅもん》のように、会えなくなってからというもの、何度その六文字を唱えただろう？

でも、だめだ。

自分はもう、かっての阿澄とは違う。生きるために、自分自身を変えてしまったのだ。

だから、二人のあいだにあるのは上司と部下の関係だけでいい。

面倒な友情なんて、絶対にいらない。必要以上に彼に関わりたくはない。秘密を暴かれてしまうのが、怖い。

「…………」

風呂上がりであまりきちんと髪を拭いていなかったため、薄い着物が水気を含んでじっとりと濡れている。もう少し髪を拭《ふ》くべきだろうかと、阿澄は部屋の片隅にあった姿見の布を捲《めく》った。

今日、しげしげと晄久に凝視されたことを思い出し、今更のように頬が火照《ほて》ってきた。

少年期、兵吾が探し出した医者に通ううちに視力はよくなり、阿澄は細かい作業をするとき以外は眼鏡を使わなくて済むようになった。

幼い頃から『不細工』と陰口を叩かれた阿澄の顔は、今や人目を惹くたぐいのものに変わっていた。自分でも不思議だったが、こういうこともあるのだろう。引け目ばかり感じていた幼少期が、嘘のようだ。

実際、ドイツの大学に留学しているあいだも、『オリエンタルビューティ』などと呼ばれて人気が高かった。行事の折りに阿澄が紋付きで出席したり、浴衣を身につけたりすると、彼らは至極喜んだ。

突如、りんと鈴が鳴らされて阿澄ははっとした。

「阿澄」

もう一度鈴が鳴らされる。

「阿澄、いないのか？」

「おります、父上」

自分を探す父の声に、阿澄は慌てて立ち上がった。

この音がしたときにすぐに行かず、幼少期は幾度となく殴られた。彼は老人にしては力が強く、癇癪《かんしゃく》を起こしたときなど細身の阿澄は吹き飛んでしまうくらいに激しく打たれたものだ。

座敷へ向かうと、父は正座して刀の手入れをしている。

「阿澄」

兵吾は刀を傍《かたわ》らに置き、阿澄に手招きをした。無言で阿澄が躙《にじ》り寄ると、彼は皺《しわ》だらけになった手で阿澄のこめかみのあたりに触れる。それから、顎に向けて無言で指を滑らせた。

そこに性愛に似たものを感じ取り、背筋にぴりっと電流のようなものが走ったが、阿澄は懸命に堪えて何食わぬ顔で端座した。

「まだ濡れているな。風邪を引くぞ」

「申し訳ありません」

阿澄がそう言うと、漸く手は離れた。

気取《けど》られぬように、阿澄は詰めかけていた息を吐き出す。

「軍はどうだ？」

「まだ二日目ですが、よくしていただいております」

そつなく答えると、兵吾は不満そうに鼻を鳴らした。

「ならば、相馬の子息はどうだ？　誑かせそうか？」

「彼は」

彼、という他人行儀な物言いに、胸が痛んだ。

もっと晄久に近づきたい。それどころか、そばにいたいという大それた望みすら抱いている。

けれども、昔であれば可能だったささやかな事柄さえ、今となってはまったく許されない。

あれは、最早他人だ。幼馴染みなどではない。

必要以上に彼に近づかないよう心がけなくては。

「確かに軍人らしい実直な人物ですが、頭の回転が速い。私のような人間と昵懇《じっこん》になれば、どんな問題が起きるかは弁《わきま》えています。そう簡単にことが運ぶとは思えません」

「そうか？」

あたかも試すように、兵吾はにやりと笑った。

「闊達《かったつ》な男と聞いている。おまえとも昔馴染みだ。気づけば、すぐに心を許すだろう」

政界という荒海を泳いできた者特有の、人の心を見透かしたような物言い。

「それはどうでしょうか」

「ふむ」

兵吾は不満げに一度鼻を鳴らし、顎に蓄えた白い鬚《ひげ》をじっくりと撫でた。

「まあ、よいだろう。折角だから巳継の役に立ってやれ」

「かしこまりました」

有無を言わせぬ調子であったが、命令されるだけならばどうということはない。

昔は、彼がもっと恐ろしかった。

たまさか顔を合わせたときに気に入らなければ阿澄を殴りつけ、文字どおりに気を失うまで折檻《せっかん》された。

里中家にいるときも捨て子として酷い目に遭っていたが、上下関係が明白な分、兵吾の折檻には容赦がなかった。

あの頃に比べれば、今は天国だ。

適当に触れさせてさえいれば、怒りの波をやり過ごすことができる。こうして膚を這《は》う蛞《なめ》蝓《くじ》のような視線など、気づかないふりをすればいいだけのことだった。

だが、晄久のことがあっても天国といえるだろうか。

あるいは、これはこの身の味わう地獄であろうか。

晄久に対し、この思いを気取られないように距離を置いて生活しなくてはならないのは。

本当は、陸軍病院で働きたかった。

なのに、有力者である眞野の意向が反映され、実状に不釣り合いなおそろしく高い地位を与えられただけでなく、かなり無理のある理由で近衛師団に配属された。

晄久の消息は友人から知らされていたため、どこかで顔を合わせてしまうかもしれないと不安でたまらずにいたところ、恐れていたとおりになった。

阿澄が望んだわけではないのに、調査する部隊は勝手に晄久の相馬隊に決められてしまい、この先は嫌でも顔を合わせなくてはいけないのだ。

4

阿澄《あずみ》が同じ師団に赴任し、三日が過ぎた。

中隊長としての晄久《あきひさ》の大きな仕事は、中隊の雑務全般だ。教練は係を決めているが、任せきりにはできない。訓練のほかには、必要な軍備を整えるだけでなく、衣服や糧食の手配の承認など、枚挙にいとまがない。

来月の大規模な教練で陣型や方式を変えるからと係に意見を求められていたが、参考にする資料が中隊長室では見つからない。確か書庫にまとめてあったはずだと、晄久は自室を出てそちらへ向かった。

書庫は薄暗く、どこか黴《かび》臭い。機密書類はそれぞれ隊長級の部屋にあるので、ここは鍵がかかっていないことが多い。勉強に使えるような書籍もあって、陸大を目指す者にはちょうどよいと、晄久はこれからも施錠するつもりはなかった。

「…………」

記憶を頼りに書棚を眺めていたところ、扉が開閉される気配がした。

閲覧者がいるのかと気にせずに書架を探しているうちに、話し声が聞こえてくる。

「なあ、新しい軍医、見たか？」

「見た見た。すごい美人だったよな」

足音を立てて入ってきた二人が誰なのかは、声では判別し得なかった。彼らはそのまま出入り口に近いあたりに佇み、会話を続ける。

「伊世《いせ》公爵のお稚児さんらしいぞ」

「へえ、そいつはすごい。でも、あまり大きな声で言うなよ？」

「わかってるよ。一度診療してもらえないかねえ」

「どさくさに紛れて、手くらい握れるかもしれないな」

阿澄が診療室に配属されなくてよかった、と晄久は安堵する。これ以上彼に、不名誉な評判を負わせたくなかった。

「――それはともかくさ、今度の会合なのだが……」

彼らの声が一段沈む。

厄介なことに、教育総監が、内大臣が……などという単語が聞こえ始めて、晄久はため息をつきたくなった。会合とやらの中身を具体的に聞かずとも、それが不穏なものであることは知れた。

盗み聞きするつもりはなく、晄久はわざと音を立てて本を閉じた。途端に二人がはっと口を噤み、あたりに沈黙が立ち込める。

「よし、これか」

目当ての資料を見つけたので、それを手にした晄久は何食わぬ顔で入り口へ向かう。

そこにいたのは二人の若い上級兵で、陽の当たらない部屋にいることも手伝って顔色がひどく悪い。この二人ならば、顔も名もはっきりと覚えている。憲兵隊が彼らを内偵しているという情報を得ており、晄久も苦慮していたからだ。

どこかで彼らに注意を促さなくてはいけないが、この程度で震え上がっているようであれば、経過観察で済みそうだ。

「飲み会の相談は勤務時間外にすべきだな。いいな？」

「……はっ」

今の言葉で不問に付してやるという晄久の気持ちが通じたらしく、二人は姿勢を正し、すかさず敬礼する。目をつけられている自覚はあるかどうか。いずれにしても、暫くは自重してほしかった。

部屋に戻って机に書物を置くと、見覚えのない紙片が文鎮の下に置いてある。そこには副官の字で『伊世三等軍医正より呼び出しあり。すぐに行くべし』と書いてあった。

阿澄に会える。

俄《にわか》に気持ちが浮き立ち、晄久は足取りも軽く部屋を出た。

我ながら現金な話だった。

阿澄に会うのは二度目だが、何を話そうか。今日は少しくらい態度が軟化していてくれないだろうか。

そんなことをつらつら考えつつ、司令部のある建物へ向かう。司令部は近衛師団を統括する組織なので、建物も立派で堂々とした佇まいだった。

玄関前に詰めている衛兵に挨拶をし、指定された部屋へ向かう。

一拍置いてからドアを叩くと、「どうぞ」とあの硬い声が耳を擽った。

「失礼します」

部屋の一番奥には、阿澄がこのあいだと同じ姿勢で腰を下ろしていた。背筋がぴんと伸びており、昔の猫背気味だった彼とは雲泥の差だ。

「お呼びいただいたとのことで、伺いました。ご用件は？」

「兵士に配る意識調査票の草案ができた。一応、見てもらいたい」

「かしこまりました」

阿澄の手から紙を受け取ろうとした刹那、晄久はついその指に触れてしまう。

しまった。

ひどく熱いものに思えてはっとしたものの、晄久ではなく阿澄のほうが俯く。おかげで細かい表情は見えなかった。

よくわからない反応だ。どうせなら最初から最後まで一貫して傲慢に振る舞えばいいものを、なぜこんな態度になるのか理解できなかった。

「読まないのか」

促された晄久は慌てて思考を軌道修正し、その紙に視線を落とす。

――所属、氏名、年齢を書かせる欄が最初に目に入る。それから、現在の体調、睡眠は足りているかどうか、毎週の運動時間、食事はどんなものか。

このあたりは真っ当で、差し支えない質問が並んでいた。

しかし、その後の質問が「性交はどれくらいの頻度で行うか」というもので、年下の上官の大胆さに晄久は目を剝《む》いた。

阿澄の端整な字で性交などと書かれると、その落差にどきどきしてしまう。ちらりと視線だけで阿澄の表情を窺《うかが》ったところ、気を取り直したらしい彼はむっつりとした不機嫌そうな顔で、机を睨みつけている。

「それで、どうなんだ」

「いくらなんでもこの調査票は踏み込みすぎです」

婉曲な表現が見つからず、晄久は直截《ちょくせつ》に言った。

「踏み込みすぎ？」

案の定、視線を晄久に戻した阿澄が、戸惑った様子で首を傾げる。

「栄養状態の調査ならともかく、その……回数と頻度と……相手の職種まで聞くのは」

「仕方ないだろう。商売女かどうか知るのは重要だ。これも僕の職務だ」

僕という一人称が、阿澄のやわらかな容姿にはぴったりだ。

それはさておき、兵士たちにも私生活というものがある。過度の干渉は彼らの反発を招き、上官に対する反抗心を芽生えさせるかもしれない。晄久の隊の連中は協力してくれるはずだが、ほかの隊はどうかはわからない。おまけに、阿澄のこの態度では好感など持ちようがない。他の軍医は位が高くとも腰が低いのに、阿澄は例外的だった。

「わかっています。この国を……民を守る大切な兵たちの健康のことですから、真剣に取り組むつもりです。部下にもそれは徹底させます」

「君はつくづく、真面目だな」

「ですが、正直に答えるのは勇気がいります」

「君もか？」

完全に虚を突かれて、晄久は口籠もった。

晄久もつき合っていた芸者はいたが、それはそれであって、今は初音《はつね》との婚約を熱心に親から勧められる程度だ。おまえは淡泊すぎると、静にもしょっちゅうからかわれる。

「どうなんだ」

阿澄に正視されて、晄久は「もし自分が下士官なら、難しいでしょう」と逃げた。

「それは恥ずべきことがあるからか？」

意外にも阿澄の追及は執拗で、その語気は鋭い。

昔はこんな物言いをしなかったのにと、晄久は苦笑した。

「個人的な興味でもあるんですか？」

晄久の何気ない冗談に、阿澄は目を瞠った。

「失礼。生憎《あいにく》、今は女旱《おんなひでり》ってやつだからです。これでいいですか」

「うん」

そこで初めて阿澄が唇を綻ばせたので、晄久は驚いて動きを止める。

可愛かった。

再会してからというもの、皮肉ではない種類の笑みを向けられたのは初めてだ。

ぽかんとして、鯉のように口を半開きにして彼に見惚れていたせいだろうか。

漸く自分の失態に気づいた阿澄が唐突に頬を染め、がたんと椅子から立ち上がる。そして
「作り直す」と晄久の手から用紙を奪い取った。

「伊世三等……あ、先生とお呼びしてよろしいですか？」

「勝手にしたまえ。とにかく、こちらの用事は済んだ」

「先生」

晄久が二度呼びかけても、阿澄は下を向いたまま顔を上げようとしない。

「仕事中だ」

……照れているのか。それとも、拗《す》ねているのか。

どちらかはわからない。

しかし、彼の仕種の端々にかつての阿澄の姿が垣間《かいま》見えた気がして、晄久はほっとした。

昔も、阿澄はこんなふうに拗ねることが多々あった。

そもそも晄久は主家の息子だし、おまけに年長なのでたまに年上風を吹かせてしまう。大概は阿澄も従ったが、たとえば自分のほうが得意であろう蟬《せみ》の取り方や果実のもぎ方などには一家言あるようだった。それでもやはり使用人という立場上何も言えず、拗ねた顔つきで黙りこくってしまうのが常だった。彼はこうと決めたら梃子《てこ》でも動かない頑固さがあるから、拗ねさせるとたちが悪かった。

今のこの表情こそが、おそらく稚かった阿澄の片鱗《へんりん》だ。

見た目や物言いは変わってしまったけれど、すべてをなくしたわけではない。それに、こうして素直に晄久の力を借りようとするのは、結果的には喜ばしかった。

ならば、晄久からは彼の過去は決して詮索すまい。

彼が話してくれるまで、聞くつもりはなかった。

晄久が見たいのは、二十六歳になった今の阿澄の本当の姿だ。

「今度、飲みに行きませんか？」

「却下する。それに、今までの会話と繋がっていない」

推測どおり阿澄は即答したが、晄久は怯《ひる》まなかった。

「繋げようと思っていませんから。部下との交流も大切じゃないですか？」

晄久にこういう態度を取ると決めた以上は、阿澄は撤回するつもりはないのだろう。そう予想がついていたし、彼の頑なさは承知の上だ。

「……暫く忙しいんだ」

晄久の思惑を感じ取ったらしく、阿澄は断るにしても方向性を変えてきた。

「なぜですか？」

「なぜって、陸軍病院からも呼び出されている。僕はドイツから戻ったばかりだからな。情報交換をしたいんだろう」

「かしこまりました。では、来週はどうですか？」

食い下がる晄久に阿澄はこれ見よがしのため息をつき、「出ていってくれ」とドアを指さした。


調査票の設問変更は、先日からなかなか進まなかった。

晄久にもう少し表現を和らげてほしいと言われても、真意が通じない質問は無意味だ。

ぼかして曖昧《あいまい》にするよりも、聞きたいことをずばりと聞いたほうが話が早い。

それくらい、晄久だってわかっているはずだ。

阿澄としては、調査をさっさと終わらせて陸軍病院に転属を願い出るつもりだった。あちらからも嘱託医になってほしいという要請があったので、渡りに船だ。しかし、最初でつまずいていてはそれも叶わない。

尤も、収穫はあった。

晄久は今は恋人がおらず、女旱《おんなひでり》なのだという。

自分がその座に納まることは無理な話なのに、なぜだかほっとした。

「…………」

唐突に空腹を覚えた阿澄が時計を確かめると、ちょうど昼食の時間帯だった。

近衛師団の敷地内に将校のための食堂はあるが、たたき上げの軍人でない阿澄にはいづらいし、じろじろと見られるのに閉口した。従って、二日目からは弁当を持参することにして、食堂での食事の用意は断ってしまった。だが、今日に限って住み込みの女中が腹痛で倒れてしまい、弁当どころではなかった。どこかで買っていくと言って家を出たはいいが、帝都の地理には不慣れでまごついた挙げ句、買えなかった。断った手前食堂には行けないが、将校集会所の中に酒保《しゅほ》がある。そこで何か売っているかもしれない。

ちょうど昼飯時のためか、敷地のあちこちを兵士が歩いている。

白塗りの平屋である将校集会所に入ってすぐのところにある酒保を覗《のぞ》くと、酒や乾き物のたぐいはあるのに、昼飯になりそうなものは切らしているらしかった。

困ってしまって暫し考え込んだものの、解決法はない。

とはいえ、どうせ滅多に来ない場所に来たのだから、この中を眺めていこう。二度と来ることはないかもしれないし、将校たちの暮らしぶりにも興味がある。

晄久だって、その一員だ。

建物の中には『図書室』と書かれた部屋があり、ドアを開けてみると人気は皆無だった。意を決して、中に足を踏み入れてみる。書棚に並べられたのは、軍関係の書籍のほかに『太平記』に『太閤記』と歴史小説ばかりだ。『太閤記』は幼いときに晄久にもらって、暗記するくらいに何度も読んだ。それをきっかけに阿澄も歴史に関心を持ったため、その題名を見ているだけで楽しかった。

気づくとそこに長居しかけ、我に返った阿澄は身を翻す。こんなところにいても、残念ながら腹は膨れそうになかった。

ドアを開けた阿澄は、一歩足を踏み出す。途端に左手から飛び出してきた人影にぶつかりそうになり、驚いて足を止めた。

「！」

衝突しかけた相手に「すまない」と詫《わ》びながら見上げると、そこに立っていたのは厄介な人物だった。

「伊世先生」

晄久だった。

唇を綻ばせると男らしく精悍な目許も和み、阿澄は刹那、屈託ない笑顔に見惚れかけた。

いつも、光が差し込むようだと思っていた。

晄久が笑うと、この世界には光が満ちる。

彼がそばにいてくれれば、安心感があった。

だから、あのときも、待てと言われれば素直に待つことができたのだ。

それは——今でもきっと、変わらない……。

「どうしたんですか、こんなところで」

どこか咎《とが》めるような口調に、阿澄ははっとした。

将校集会所に阿澄のような人間がいてはいけないとでも言いたげな台詞で、部外者扱いに一抹の淋しさを感じる。無論、晄久は気遣ってくれているのだろうが、阿澄を異物として見なしているかのようだ。

我ながら、馬鹿げている。晄久と距離を持とうと決めたのに、邪険にされると淋しいなんて矛盾していた。

自分が曖昧な態度を取っては晄久に迷惑をかけるだけだ。どんなときであっても、彼への接し方は毅然《きぜん》としなくてはいけない。

そうでなくては、阿澄の存在が軍人としての真っ当な使命感に燃える晄久の障害になりかねない。彼が国を守る仕事に誇りを持っているのは、その言動の端々から容易に読み取れた。その凜々しさが、やけに眩しかった。

「何でもない」

「もしかして、昼食ですか？」

違うと言おうと口を開いたところで阿澄の腹がきゅるるる……と大袈裟なくらいに激しく鳴る。

気恥ずかしさに頬を赤らめると、晄久が笑った。

「やっぱりそうでしたか。食堂は？」

「食事は断っている」

「うちの連隊は予算が厳しいから、余分の用意は出ないんですよ。俺のパンがあるから、一緒に食べませんか」

晄久は自分の手にした紙包みを示し、阿澄に振って見せた。

「君と？」

「俺も外で会議があったので、今日の飯は断ってたんです」

「そうか。だが、僕は……」

「美味《おい》しいですよ。懐かしいの、買ってきましたから」

晄久はそう言うと、阿澄の腕をぐっと摑む。

「あっ」

力強い手で軍服の上から腕を握り締められ、阿澄の心臓は震えた。

そのまま晄久は歩きだし、有無を言わせずに阿澄を外に連れ出してしまう。

「おい」

「こっちにいい場所があるんです」

司令本部の脇にある道を九段方面へ進むと、そこには小さな庭園がある。怡和園《いわえん》と名づけられた庭は、将兵が散歩をしたりくつろぐ場所として知られていた。阿澄も存在は聞かされていたが、入り込むのは初めてだ。

四阿《あずまや》はまるで人気がなく、彼はそこで初めて阿澄の手を放し、ベンチに腰を下ろした。

「どうぞ」

隣に座っていいものかと迷っていると、晄久が「すみません」と呟いてハンカチを取り出し、そこに敷いた。

そういうことじゃない。

晄久と一緒にいるのを誰かに見られるのが嫌なだけだったが、口にすると気を遣うなとでも言われるのは目に見えている。そもそも、晄久に対して気を遣っていると思われること自体が好ましくはない。

自分は晄久に嫌われて、距離があるくらいでちょうどいいのだ。彼の阿澄に対する印象が好転するのはとても困る。

「ハンカチくらい持っている」

「もう敷いてしまいましたから」

晄久はそう言うと、座らないのかと言いたげに阿澄を見上げる。晄久のハンカチの上に座ってしまうのは申し訳なかったが、下手に遠慮するのもおかしいし、阿澄は何食わぬ顔で腰を下ろした。

緊張していた。

薄い布に、まだ晄久のぬくもりが残っているようで。

「どうぞ」

晄久が袋の中身を無造作に差し出したので、阿澄は改めて首を傾げた。

「本当にいいのか？」

「構いませんよ。部下の土産《みやげ》にたくさん買ったので」

晄久は何気なく言うと、阿澄の手に丸いパンを載せる。

「あんぱん……」

思わず阿澄は呟いた。

懐かしさに胸が疼《うず》く。

そうか、晄久もそれで『懐かしいものがある』と言ったのか。

晄久がわざわざ買ってきてくれたあんぱんが嬉しくて、黴びているのに無理をして食べたのだ。

腹は痛くなったけれど、あれ以上に美味しいあんぱんを食べたことはないと思っていた。

晄久はあんぱんをじっと見つめる阿澄を見やると小さく笑い、彼自身も一個手に取ると、空になった包みをくしゃりと丸めた。

「僕はこれでいいが、君には足りないだろう」

「え？　ああ。まあ、そうかもしれません」

「じゃあ、これは返す」

照れくさそうに頷いた晄久に手にしたあんぱんを返そうとすると、彼は首を振った。

「一度あなたにあげたものです」

「でも」

「男に二言はありません」

強く言われてしまうと、もう拒みようがない。

阿澄とて空腹だったし、それに……じつのところ嬉しかったのだ。

阿澄は俯いたまま、あんぱんを口に運ぶ。

「美味しい……」

ふかふかのパンのあいだに、茶色い餡《あん》がぎっしり詰め込まれている。そういえば、あんぱんを食べるのは随分久しぶりだ。

「ドイツにあんぱんはあるんですか？」

「あるわけないだろう。そもそも餡がないのに」

阿澄が答えると、晄久は「え」と目を瞠り、それから陽気に声を立てて笑った。

「そうか……それもそうですね。すみません」

晄久の笑い声を聞いていると、阿澄の心もやわらかくなるみたいだ。今だけは、無理して彼に反発せずに、やわらかな時間を味わいたかった。

木々の狭間を抜けるようにして吹き込む風が気持ちいい。

小さい頃、いつも思っていた。こうして一緒にいられる瞬間が、一分でも一秒でも長ければよかったのに、と。

だけど、気持ちだけはあのときから、少しも変わらない。自分の心は晄久に囚われている。

「あんぱん、どうですか？」

「懐かしい味がする」

素直に答えてから、阿澄は思わず頬を赤らめる。

あんぱんのことを覚えていると知られてはまずい気がしたが、あとの祭りだった。

「よかった。あなたに食べてほしかったんです」

「え？」

もしかしたら、晄久はわざわざあんぱんを買ってきてくれたのだろうか。

阿澄に渡すあてもないのに？

「何でもないです。また買ってきます」

「いい、べつに」

「遠慮しなくていいですよ。差し入れくらいしますから」

「だって」

困惑してつい幼い物言いになり、阿澄は渋々口を開いた。

「ありがとう」

小声でぼそぼそとお礼を言うと、晄久が「どういたしまして」と白い歯を見せて笑った。

「今のは、今日もらったあんぱんの礼だ。差し入れが欲しいわけじゃない」

「わかってますよ」

穏やかな口調で回答し、晄久が優しいまなざしで阿澄をじっと見つめる。

そう意識した途端、胸がどきどきしてきた。

頬が火照りそうになるが、唇をぎゅっと嚙み締めて懸命に堪《こら》える。それでも彼を正視できなくなり、阿澄はさりげなく晄久から視線を外した。

しっかりしろ、この体《てい》たらくじゃ……だめだ。

言葉が途切れ、沈黙が唐突に訪れる。

どうしよう。

こんなに静かになったら、ばくばくと震える阿澄の心臓の音が晄久の鼓膜を震わせてしまうのではないか。指まで熱くて、血管という血管が破れてしまいそうだ。

ほかの誰かに対しては、必要がない限りは厚かましく冷徹に振る舞える。言葉遣いや態度も素っ気ないものが基本となり、それが一番楽だった。今更、昔のようには戻らない。

だが、晄久の前では今の自分らしくすることがひどく難しいのだと、彼に再会するまで阿澄は知らなかった。

「懐かしいな。ああいう藪に閉じ込められたときのこと、覚えてます？」

「え？」

「軽井沢で。雨が降りそうだからって嫌がるあなたを連れ出したら、やっぱり酷《ひど》い雨になって。二人で雨宿りに飛び込んだのは、よりによって荊《いばら》の茂みで、出るのにすごく苦労したんです」

心臓が早鐘のように脈打つ。まさか、晄久も覚えていてくれたとは。

「……忘れた。過去は全部忘れたと話したはずだ」

「あ、そうですよね。すみません、俺も聞くつもりがなかったのに」

「特別に、今のは許してやる。あんぱんの礼だ」

阿澄はぶっきらぼうに言うと、それきり口を閉ざした。

忘れるものか。

晄久を初めて意識したのは、あの雨の日がきっかけだった。

荊の藪に閉じ込められてしまったときに、心は決まったのだ。

自分は晄久を好きなんだと、自覚してしまった。

阿澄と二つしか年齢が変わらないのに、晄久の腕は力強くて逞しかった。寄せた首筋から立ち上る汗の匂いが、よけいに阿澄に男を感じさせた。

あの棘に縫い止められるように、阿澄の心は晄久への思いに囚われていた。

あの日からずっと……晄久のことを、好きだ。

男同士でおかしいと思われるとわかっていたけれど、止められなくて。

今もその気持ちは変わらない。

母や姉を間近で見つめていたせいか、年頃になっても阿澄は女性に関心を抱けなかった。学校の寮で、先輩や友人たちにちょっかいを出されても平気だった。彼らは阿澄を女性の代用品と見なしていたのではなく、男としての阿澄に興味を持っていると知っていたからだ。それを知っていて、阿澄は彼らを利用したのだ。

「今度、呑みに……」

「行かない」

「なら、映画はどうですか？」

「関心がない」

「じゃあ、また別件で誘います」

「日曜日は忙しいんだ」

「教会にでも行っているとか？」

「個人的な用事がある」

「残念ですね」

晄久が本当に残念そうな顔をしたので、阿澄の胸は疼いた。

彼の表情や言葉の一つ一つに、心が震えてしまう。

反応し、化学変化のように阿澄の心身に作用する。

苦労して抑えつけ、忘れようと思っていた恋心が顔を出し、まるで乙女のように振る舞いそうになる。

おそらく晄久ならば、阿澄は変わっていないと言ってくれるだろう。噂など信じない、と。

しかし、世間の人々は違う。

それゆえに、忘れてはならないのだ。

自分は老公爵を誑し込んだ、ふしだらな淫婦《いんぷ》そのものだと言われている。そんな人間と親しくすれば、晄久の評判を落とす——何百回自分に言い聞かせれば、それを覚えられるのか。

「では、よろしくお願いいたします」

「わかった」

糧食委員を務める部下を見送り、晄久は手にした書類をぱらぱらと捲る。

「うーん……」

任されたはいいが、栄養については門外漢だ。

兵士の日々の食事は、連隊ごとに予算内で委員会の連中が決めることになっているが、このところ兵士たちは食事の質に不満を抱いているようだ。その解決のために委員会の連中が新しい献立表を作り、連隊長より話しやすい晄久に相談を持ち込んできた。

晄久自身は『軍隊ノ食事ハ栄養ヲ主トシ簡易ヲ旨トスベシ』という軍令をもっともだと思っているため、食事にはあまりこだわりがなかった。連隊長の方針で昼食については将校たちは兵士たちと同じ麦飯を食べるが、実際、家に帰ればそれなりに凝《こ》った料理を食べられるということもある。

とはいえ、衣食住のうち食は基本であるから、兵士の食生活は万全を保たなくては彼らの不満は溜まる一方だ。

献立のことは、女学校に通う雅子あたりにそれとなく相談してみよう。

そう思った晄久は荷物をまとめ、帰り支度をして外に出た。

今日は木下《きのした》に捕まらずに済み、晄久は衛兵に敬礼をして門をくぐり抜けた。

秋の日は釣瓶《つるべ》落としというが、それでもまだ陽は出ている。

「あ」

塀に落ちた長い影を連れて歩いていた晄久は、自分の前方を足早に進む人物が阿澄だと気づいた。時間帯ゆえに多くの兵士が歩いていたが、阿澄を見間違えることはない。

この中から真っ先に誰かを見つけ出すことがあるとは、晄久も初めての体験だった。

それだけ自分は、阿澄に引力を感じているのだろう。

昼間顔を合わせたばかりなのに、二度も会えるなんて運がいい。

折角だから、声をかけてみようか。

考えてみれば、阿澄が軍に来ても、彼と職場の外で顔を合わせたためしがない。

呑みや映画に誘ったところで阿澄が露骨に邪険に扱うせいだが、簡単に諦めたくない。

話を聞かなくては、噂に振り回されるばかりになってしまう。

今日はあんぱんの件で阿澄と交流を持ったばかりだし、おまけに糧食委員の例の書類を持っている。献立について意見をもらいたいと言えば、阿澄とて嫌とは言えないだろう。上手くすれば、阿澄がどうして伊世兵吾の養子になったのか、そして軍医を志したのか、それらの経緯も聞けるかもしれない。

そんな希望を持って晄久が足早に近づくと、不意に阿澄が足を止めた。

「……おっと」

小さく声が漏れ、晄久も反射的に立ち止まった。

後をつけるつもりはないが、こうしていると尾行のようで気まずい。

しかし、阿澄は振り返らずに左手側に注視している。その視線の先にあるものは、目を凝らすとすぐにわかった。

猫だ。

阿澄は塀の上で眠る三毛猫をじっと見つめた後、正面を向いて再び歩きだす。

確か、阿澄は猫に触れるとじんましんが出るたちだ。

それでも阿澄が猫を無視できないのは、触りたいからかもしれない。そんなささやかな仕種に彼らしい稚気を感じ取り、晄久の唇は自然と綻びた。

昼時に阿澄とあんぱんを食べて、晄久はまざまざと実感したのだ。

阿澄のどんな表情であっても可愛くて、見過ごせないと。

やっぱり、阿澄を好きだ。忘れろと言われたって忘れられない。

どんなに離れていても、そう簡単に気持ちは変わらない。

「………」

意を決した晄久が歩みを速めると、背後からすうっと車が近づいてきた。

ちらりと車内を見やると、後部座席に乗った人物が目についた。

眞野巳継——つい先だっても静との会話に出た、眞野財閥の二代目だ。

彫りの深い顔立ちはどこか外国人じみていて、若い頃をパリで遊学したせいかすべてにおいて洗練されており、社交界での女性の人気は絶大。静の遠縁にあたる奥方が並外れて寛容でなければ、いつ三行半《みくだりはん》を突きつけられてもおかしくないとさえ言われていた。

そんなことを思いながら歩いていると、阿澄の傍らで当の自家用車が停止した。

すぐに黒塗りの車から運転手が降りてきて、阿澄のために後部座席のドアを開ける。

咄嗟に晄久が看板の陰に隠れたのは、正解だった。

車に乗り込む前に、阿澄が用心深げにあたりを見回したからだ。

だが、人目を忍ぶような阿澄の行動が気になり、晄久の胸は騒ぐ。

阿澄のやけに慎重な態度、あれではまるで密会だ。

「…………」

胃の奥がじくじくと熱くなってくる。

眞野財閥といえば、伊世兵吾の資金的な後援をしているし、静の話では阿澄は眞野に預けられていそうだ。

だが、どんなに好意的に解釈しようとも無駄だ。

不愉快なものは不愉快だ。

阿澄は晄久とは出かけなくとも、眞野となら逢《あ》い引《び》きするのだ。そんな現実を突きつけられたからだ。

他人の行動にさほど好悪の感情を抱かない晄久だけに、自分でも意外な情動だった。嫉妬《しっと》しているのかもしれない。

そう思うと、胃のみならず胸が嫌な感じに疼いてきた。


「食事は口に合ったかな」

いかにも眞野好みの割烹《かっぽう》に連れてこられた阿澄は、「はい」と微笑とともに答えた。

今日の昼、飢えているときに食べた晄久のあんぱんのほうが美味しかったが、さすがにそんなに可愛げのないことは言えない。

帰宅途中で眞野巳継に会ったのは計算外だった。彼が夕食に誘ってきたので、阿澄は素直にお相伴にあずかることにした。真《ま》っ直《す》ぐ帰るのは、嫌だった。阿澄は未だに兵吾との父子《おやこ》関係には慣れていなかったからだ。

眞野といるのは、気が楽だ。

眞野家はもともと商家で、兵吾の弟が婿入りし、彼が事業を拡大させた。そのため兵吾は眞野家とは親戚づき合いがあり、資金関係からも一種の閨閥《けいばつ》ともいえる。

阿澄も眞野の妹を娶《めと》るように言われたが、どうしても無理だと拒んだところ、今ではあと数年したら眞野の娘を娶らないかと持ちかけられている。

眞野は風流人だが、同時に風変わりな男だった。

たとえば父の兵吾を説得し、阿澄が身分を伏せて京都で学ぶことを勧めてくれた。眞野は率先して阿澄の面倒を引き受け、実際には自分の二号に世話をさせた。二人を同居させれば自分がちょくちょく行くから様子を見にいくのも楽だ、としれっとしたものだ。妙齢の女性と阿澄を引き合わせたら、厄介なことになると考えるのが普通だろうに。尤も、どのみち高校は全寮制で、阿澄も時たま外出日に帰るだけだったので、眞野の余裕も当然だった。

十代で日本を飛び出してフランスへ向かった眞野は、欧州で日本文化の大事さを学んだという。彼は同じ轍《てつ》を踏ませたくないと、阿澄に礼儀作法と茶道をみっちり仕込んでくれた。海外で一流の学問を学ぶべきだと、阿澄にドイツへの留学を勧めたのも眞野だ。

人間には本音も建前も、矛盾も正論も混在している。眞野はそれを体現したような人物であり、彼は自分が俗物だと知り、羞じたりしない潔さがある。

「よかった。君は意外と口が奢っているからな」

「父が美食家ですから」

客膳に載せられた料理は見た目も味わいも繊細で、阿澄の舌を十二分に楽しませた。

特に阿澄はある決意から絶対に酒を呑まないので、料理が美味しいのが一番嬉しい。

大した興味がなさそうに眞野は肩を竦め、自分の前にある客膳を脇に除《よ》けた。

「おいで」

「嫌です」

折角美味しい食事をご馳走《ちそう》されているのだ。最後まで楽しまなくては罰が当たると、それを邪魔しようとする眞野に阿澄は素っ気なく答えた。

「どうして」

「申し訳ありませんが、食事中です」

「私はもう飽きたんだ」

「僕はまだ楽しんでいます」

言葉遊びのようなやり取りに、眞野は唇を綻ばせる。

「君はこういうときは可愛げがないね。澄まして気が強くて、取りつく島もない」

「基本的に、このほうがいいっておっしゃったのは、巳継さんです。それに、必要に応じて態度くらい変えられます」

「ああ、そうだったな。君は器用だからね」

思い出したように眞野は頷き、盃《さかずき》を口許に運ぶ。

分不相応にも華族の養子となった阿澄を、眞野は真っ先に受け容れ、兄同然に接した。幼いながらも身の処し方を考えあぐねているとき、眞野は阿澄の手を取って教えてくれた。

——どんなに頑張っても、君の過去や、ここに来たいきさつを勘繰るやつが出てくる。はねつければ敵に回るし、愛想よくしていれば、与《くみ》し易《やす》しとますますつけ込まれるだろう。それなら、君は澄まして全部受け流したほうがいい。

それでは、お高く止まっているように見えかねない。自分の容姿では無理があると阿澄は拒んだものの、眞野は「絶対美人になる」と言って譲らなかった。

今より可愛げのあった阿澄は、眞野の忠告を結果的に受け容《い》れた。

彼の言うとおりに、他人に対する態度や口ぶりを、ひいては自分自身をこの手で変えたのだ。斯《か》くして、今の阿澄が誕生した。

突っぱねる道もあったかもしれないが、阿澄は生まれつき自分が搾取される側なのだと知っていた。だから、何か特別なものがなければ他人に対して強気に振る舞うのは無理だった。

それを、己の外見と肉体に見出《みいだ》しただけだ。

不器量でつんとしていたら目も当てられないが、その点では眞野の見る目が確かだったのが幸いした。

あとから意外と自分の頭脳が優秀で、そちらも武器となることが判明したのだが。

「今考えれば、あれって巳継さんの好みなだけでしょう？」

「どれが？」

「つんとしていて可愛げがない美人。小春姐《こはるねえ》さんがそうですから」

京都にいる時分に世話になった女性の名を挙げると、眞野は「そのとおりだ」と頷く。

「たまに京都に行くと、小春と君が二人で出迎えてくれて、あれは素晴らしかったな。まさに両手に花だ」

二人の『しのびづま』を囲っているという悪口すら、眞野には勲章だったらしい。眞野は堂々と振る舞い、素性の知れない青年を匿《かくま》っていることを隠さなかった。また、記者や社交界の人々は、眞野の数多い艶聞《えんぶん》の一つと見なして、囲われている美青年に関心を払わず、阿澄は京都では、ただの学生として過ごせた。

「終わりましたよ」

「うん、おいで」

苦笑した阿澄は自分の膳をそっと押し退け、男の前に躙《にじ》り寄った。

「舌を出して」

あらかじめ剝《む》かれていた水菓子の葡萄《ぶどう》を摘《つま》んだ眞野の前で、言われるままに薄く唇を開いて舌を出す。眞野は節と節が長い彫像のように美しい指で、果実を阿澄の口に押し込んだ。

「嚙《か》んではいけないよ」

舌の上に載せられた葡萄の実から、仄《ほの》かな甘みが伝わってくる。

「舌の上で転がしてごらん」

阿澄は舌先を少し丸めるようにして、葡萄を動かした。左の口腔《こうこう》に寄った葡萄の位置を直し、舌の裏側に落ちかけたそれをすくい上げた。

「器用だな」

まるで口淫の再現か、あるいは濃厚な接吻《せっぷん》か。

「ふ」

こういう悪戯《いたずら》を仕掛けるところが、眞野の性格の悪さだ。

奥方を泣かせても平気なのだろうか？

彼女は小春と違い、やわらかな印象の女性でまさに大和撫子というに相応しい。たまに阿澄がそのことを持ち出すと、眞野は「君は見る目がない」と平然と嘯《うそぶ》くのだった。

「君は本当に、いやらしい顔をするね。楚々として見えて、閨《ねや》では大胆に男を誘う」

囁いた眞野が顔を寄せて舌を差し出してきたので、阿澄は身を乗り出すようにして男のそこに葡萄の粒を落とした。

「それがいいって、僕に教えてくれたんでしょう？」

彼が再度顔を近づけ、阿澄の唇に葡萄を戻す。

成長した阿澄に、眞野は手ずから房事を仕込んでくれた。阿澄は公爵の養子という出自を隠して小春の姓を名乗っていたため、学校の寮ではすぐに獲物として目をつけられるとわかっていた。身を守るためには、手練手管《てれんてくだ》が必要だと眞野は考えたからだ。

「これと決めた相手を押さえておけば、最小限の犠牲で最大限の効用を生む」

確かにそれは、じつに有用な理論だった。

阿澄は男と寝ることを覚えたが、誰彼構わず寝る必要はなかった。言われたとおりに一番力のある男を押さえれば、相手が阿澄に執心してほかの連中に渡そうとしなかったので、それで事足りた。大切なのは、相手を落とす技術だった。

まだ社交界にデビューをせず京都に隠されているときは、阿澄が父のために躰を使うのはごく希だった。口の固い相手にしか、父は阿澄という義理の息子の存在を明かさなかったためだ。

けれども、大人になって状況は変わった。己の肉体すら、今やもう阿澄の自由にはならない。自分は育ててもらった恩を、さまざまなやり方で返さなくてはいけないのだ。

いずれにせよ、一度己の肉体を使ってしまえば、汚れたことに変わりはない。何度しようと、誰のためであろうと同じだった。

そんなことを何度かしているうちに舌が怠《だる》く痺《しび》れだしたため、阿澄は許しも得ずにぬるくなった葡萄を咀嚼した。

「——葡萄くらい、普通に食べられないんですか？」

口許を拭《ぬぐ》った阿澄の可愛げのない言葉すら、巳継は平然と受け止めた。

「初物はじっくり味わう主義なんだ」

「玩具《おもちゃ》にしているようにしか見えません」

「いいから、来なさい。食べ終わったんだろう？」

笑いを含んだ声に促され、阿澄は眞野の胸にもたれかかる。

あたたかく広い胸だった。

眞野は何でも教えてくれた。

阿澄が公爵家で生きていくために必要な、あらゆることを。

京都に住まわせたのも、時を経て出自が曖昧になるまで阿澄を世間から隠すためだけではなく、偏屈な老人から一時だけでも引き離そうとしてくれたのだろう。

「軍服はいいね。禁欲的でそそる」

吐息が鼓膜を擽り、阿澄は微かに身を捩《よじ》った。

「そんなことを言えば、軍隊の連中に銃殺されますよ」

「君が着ているからそそるんだ。軍人なら誰でもいいわけじゃない」

眞野は笑いを含んだ声で言う。

「脱がせてみたくなるな」

「いいですよ、脱がせても」

「いや……折角だから自分で脱いでごらん。思い切りいやらしく頼む」

耳打ちされて、阿澄はわずかに躰を離す。至近から彼の双眸を凝視し、その真意を確かめようとする。

「悪趣味ですね」

「君にそう言われたくないな」

再度近づいた眞野に軽く耳朶《みみたぶ》を囓られて、阿澄は息をついた。

「相馬大尉とは昵懇になれそうかい？」

無防備な段階で囁かれた阿澄はびくっと身を竦ませる。

「…………」

「どうなんだ、阿澄」

「彼は潔癖な人物です。僕みたいな淫売には興味はありませんよ」

「そうかな」

眞野はわずかに目を眇め、値踏みするように阿澄を見つめた。

「どういう意味ですか？」

「君は淫売というには初心《うぶ》すぎる。経験が足りないんだ」

「かといって、潔白にはほど遠い。そもそも、経験しすぎはよくないって、あなたが言ったんでしょう」

「君だって、相手を選ばないのは嫌だろう？」

からかわれて、阿澄はぐうの音も出なかった。

「それに、相馬大尉は闊達で人望があると聞く。かつて幼馴染みだった君が目の前に現れれば、きっと交流を持ちたがるはずだ。違うかい？」

彼の手が、阿澄のシャツの上を這う。

「親しくなる分には構わないだろう。君たちは幼馴染みだ」

「嫌です。僕はもう、誰にも利用されたくない」

少しでも二人のあいだが狭まれば、よけいに窮屈になって身動きが取れなくなる。

鵜《う》の目鷹《たか》の目で、ライバルを蹴落《けお》とそうとする連中が多い世の中なのだ。

晄久の足手まといになるのは御免だった。

「利用なんて、しないよ。君は私のことを極悪人とでも思っているようだね」

「違うんですか？」

「言っておくが、ドイツから帰ったのは君の意思だ。近衛師団に配属されたのも、僕の友人が気を利かせただけだよ」

面白がるような眞野の言葉を、どうして信じられるだろう？

彼は他人を利用し、利用されることには慣れているはずだ。

そうでなくては、華族にしてはそれなりに成功した商売人として、社会という荒海をすいすいと渡れるわけがない。

「弟みたいに可愛がってきたつもりだが」

「こんな体勢で言う台詞ですか」

畳の上に組み敷かれた阿澄が呆《あき》れて呟くと、彼は小さく笑んだ。

「この程度、挨拶みたいなものだろう？」

「そうですね。あなたが僕を裸に剝いたりしなければ」

「剝かないよ。君みたいな貧相な躰、見ても楽しくない」

「……酷い」

初めて阿澄が傷ついたような顔をすると、眞野は「すまない」と謝罪する。

それを目にして、阿澄はくすりと笑った。

「冗談ですよ」

「何だ……本気で傷ついたのかと思った」

安堵したように彼が息を吐き出す。

「今更でしょう？　そもそも、鉄面皮になれって言ったのはあなたですよ」

「そうだったな。昔のことすぎて、すっかり忘れていたよ」

阿澄の顔を隠す髪をそっと指先で搔《か》き上げ、眞野は穏やかに微笑《ほほえ》む。

「君も随分大人になった」

「大人にしてくれた当事者のくせに」

ぎりぎりの媚びを込めて、阿澄は誘いかける。

「そうだ。だから、そろそろ君を閉じ込めている檻《おり》から出るよう忠告したいんだ」

眞野の手指が愛《いと》しげに阿澄の頬や顎《あご》の下を撫でた。

「檻？」

陰喩を多分に含んだ言葉は、理解できそうでできないものだ。

「ああ。実際、相馬君をどう思ってるんだ？」

「——ただの幼馴染みです」

繰り返し思い出すのは、あの夏。

雷に怯えて荊でできた藪に飛び込んでしまった阿澄を抱いた、晄久の腕の力強さ。あたたかい胸。汗の匂い。

淡い初恋によって、この心は今でも晄久に縛られている。

雨上がり、あの茂みから出ようと思えば思うほどに荊は髪の毛やシャツに絡みつき、動けなくなった。

それはまるで、今なお手足に絡みつく縛《いまし》めのようで。

「荊姫《いばらひめ》は目を覚ましてもいい頃だ」

昔、寝物語に眞野にだけはその話をしたことがあるが、彼ははっきり覚えていたようだ。

現実から目を逸らすな、と言いたいのだろうか。

「巳継さんが起こしてくれるんですか？」

「妻も子もいて、小春もいる不実な男でもいいのならね」

「願い下げです」

即座に阿澄が答えると、声を上げて笑った巳継が額にくちづけてきた。

まだ待っているくせに、と彼が言った気がした。

わからない。

何を待っているのか、もう思い出せない。

否、覚えていたとしても、忘れたふりくらいできる。

それだけの時間が経ったのだ。

二つの人生は分かたれ、もう交わらないことが証明されるだけの長い時間が。

5

褪《あ》せた紺色の暖簾を潜《くぐ》ると、「いらっしゃい！」と元気な声が二人を迎える。

「いらっしゃい！」

陽気に呼びかけられ、阿澄《あずみ》はむっつりと目礼する。

晄久《あきひさ》が半ば強引に店に連れてきたときから、阿澄は不機嫌だった。

「打ち合わせをするのではなかったのか？」

「そうです」

「将校集会所もあるだろう」

「部外者に聞かれたくないんですよ」

我ながら、不出来な言い訳だった。

踵《きびす》を返そうとした彼の腕を摑み、有無を言わさずに座らせると、彼は観念したように口をへの字にする。

ここ数日のつき合いで、晄久は阿澄の対処方法は少し学んだ。

言葉は辛辣だが、全身全霊で拒むというわけでもない。寧ろ、強引にすると流されてくる。まるで、晄久の手に落ちるとでも言いたげな態度で。

足の長さが違うせいで均衡を欠いた安物の椅子に腰を下ろし、阿澄は微かに眉根を寄せる。その表情から彼が相当大きな不満を抱いているだろうと予想できていたが、晄久は気にしなかった。

「それに、あそこは何かと邪魔が入る。個人的に親睦《しんぼく》を深めておいたほうが、あとあとやりやすいと思ったからです」

阿澄は極めて居心地悪そうにあたりを見回し、それからなおも追撃したそうな様子で口を開いたので、晄久はにっこり笑って強引に上官の言葉を遮る。

「もう座ってしまったんだし、文句を言わなくてもいいじゃないですか」

屈託ない笑顔に毒気を抜かれたらしく、阿澄はそこで一瞬、口を閉ざした。

「こういう店は膚に合わないかと思ったんですが、生憎ほかを知らなくて。酒は呑みますか？」

「嗜《たしな》む程度だ」

「結構。お勧めの冷酒があるんですよ」

こういうときは、主導権を握るに限るとばかりに、てきぱきと晄久が注文を済ませてしまう。

ここまで強引だとさすがに彼を怒らせるだろうかと心配になったが、阿澄は対処しかねて困惑しているらしい。

「好きな食べ物、何ですか？」

「こんにゃく」

つるっと滑り落ちた阿澄の言葉に、晄久は吹き出しそうになる。

好物は昔からこんにゃく、豆腐、蕎麦《そば》。

阿澄は淡泊なものが好きなのだ。

やはり、人間の根幹をなすものは変わっていないらしい。

ほかにも甘いものがありさえすれば、阿澄を喜ばせるには完璧なはずだ。

「こんにゃくなら、さしみこんにゃくがありますよ。あとは冷や奴《ひやっこ》」

「うん」

「ここの豆腐は旨いんです」

「そうなのか」

ほんの少しだけ阿澄の表情が和らいだ気がして、晄久はますます嬉しくなった。

今の阿澄のことを、もっと知りたい。

このあいだの眞野巳継《まのみつぐ》の件も気になっていたが、頭を冷やすことに成功し、何とか嫉妬はしまい込んだ。誤解や曲解を避けるためにも、必要なのは相互理解だ。それ以上に今の阿澄の真意が見えないと、彼との関係を再構築しようがない。

「おまちどおさま」

酒が運ばれてきたので、すかさず徳利を取り上げて晄久は酌をする。

「では、これからよろしくお願いします」

「うん」

かたちばかりの乾杯だった。

阿澄は微かに頷き、それから意を決したように猪口に口をつける。

「口に合いますか？」

「よくわからない」

阿澄の返答は、普段の彼よりもよほど率直だった。

よく見ると猪口の中身は減っていないようだが、本当に呑んでいるのだろうか？

「わからない？　ああ、飲みつけないですか」

「ドイツはビールかワインだ」

答えになっているのかいないのか、はぐらかされているのかもしれない。

「でもこっちにはずっといたんでしょう」

「大学卒業までは」

こちらが聞きたいことを並べると、短いながらも会話は成立する。阿澄自身もどこまで真意を明かしていいのか迷っているとも受け取れそうな、他愛ないくせに緊張感のあるやり取りだった。

「京都は酒所《さかどころ》じゃないですか」

「世間話は不要だ。これから打ち合わせをするんだろう？」

「それは」

晄久が言葉を切ったそのとき、暖簾の向こうからにぎやかな声が聞こえてきた。

「今日は潰れるなよ」

「おまえこそ」

陽気な声でやって来たのは中隊の下士官たちだった。今日は兵の婚儀の前祝いで、招待されていない者たちが無礼講でどんちゃん騒ぎをするという話を聞いていた。そのときに選ばれるのはこの店だというのが通例なので、あらかじめ先回りしておいた。

もう少し阿澄と話をしてからがよかったのだが、予想よりも早い。

「あ……相馬《そうま》大尉！」

晄久を見やって彼らが急いで敬礼をしたので、晄久は「いいよ」とにこやかに笑ってそれをやめさせる。中にはあの木下《きのした》もおり、彼は晄久を見つけて既に頬を紅潮させている。

「酒の席でまでそんな堅苦しくしなくていい」

「はっ」

彼らの視線が阿澄に向いたので、晄久は「彼は伊世《いせ》三等軍医正だ」と紹介した。

「俺たちの師団の健康調査をしてくれる。ほかにも病気や怪我があったら何でも相談してくれ」

いったい何をとでも言いたげに阿澄が晄久を睨んだが、取り合わなかった。

阿澄だって、軍に馴染まなければ仕事がやりづらいはずだ。有用なことくらいわかっているだろう。

一旦彼らは席に案内されたものの、すぐに席を立つ二人の前には人だかりができ、阿澄に興味を持った連中がテーブルに近づいてきた。

阿澄と二人きりで話をする機会をなくしてしまったのは残念なものの、第三者と阿澄がどのように接するのかは見ておきたい。

「では、先生はドイツにいらしたのですか？」

「そうだ」

「私もドイツ語を嗜むのですが、少々会話をさせてください」

既に酒が入っているらしく、将校の一人がすっと手を挙げて問うた。

挙手した坂巻《さかまき》は士官学校出の優秀な男で、一時は留学を希望していたが、陸大に行けなかったこともありその夢は諦めたのだ。

「勿論だよ」

断るだろうとばかり思っていたが、意外なことに阿澄は受けて立った。

最初はこんにちはとかお元気ですかとか、ドイツ語を選択した者ならば誰でも理解できるような会話だった。受け答えをする二人を周囲の兵士たちが「すごいなあ」と囃《はや》し立てる。アルコールで舌が軽くなっていたようで、坂巻は流暢《りゅうちょう》に問うてきた。それまでと内容がまるで違うのは、会話の熱っぽさから伝わってくる。

「Was ist dein einziger Trost im Leben und im Sterben ?」

晄久もドイツ語を選択していたけれども、まったくもって理解できなかった。

一度躊躇った素振りを見せたのちに、阿澄は口を開いた。

「降参だ」

「降参？」

問い返したのは、晄久のほうだ。

「ああ、さすがにこれ以上は答えられない。君は勉強家だな」

それにしては質問の意味を聞かない理由は、どういうことだろう。

その対応を晄久は訝《いぶか》ったが、阿澄は取り立てて何も言わない。そして、質問してきた坂巻に向かって、「素晴らしい語学力だ」と重ねて褒める。坂巻は物足りなそうだったが、元来控えめな気質ゆえにすぐに引き下がった。

意外だった。

ここで阿澄が大人げない真似をすれば、兵士たちは彼に反発するに違いない。しかし、阿澄は素直に彼を褒めて花を持たせたので、特例で昇進した若い軍医殿への反発心が薄らいだはずだ。おまけに、阿澄の態度は晄久に対するものよりも、ずっとやわらかい。もしや、彼は晄久にだけことのほか冷たく当たっているのではないか。

「こいつ、すごく優秀なんですよ」

兵士の一人が坂巻の首に腕を回し、ぐっと引き寄せる。

「そうそう。士官学校のときは、第二連隊の三好《みよし》とずっと首席を争ってて」

坂巻は「よせよ」と困ったような顔で首を横に振る。

「最後は血みどろの決闘だったよな」

「黙れ！」

坂巻が鋭い声を上げたので、青年は慌てて彼から手を放した。

「悪い」

一瞬、その場がしんとする。

真っ直ぐな気質の坂巻は、首席を争う三好とことごとくぶつかった。

士官学校時代、三好がカンニングしたのではないかと坂巻が咎めたところ、気の強く激高しやすい三好と激しい言い争いになり、最後は殴り合いになったのだという。三好が刃物を出してきたが、処分を恐れた当時の連隊長が揉《も》み消したという説もある。以来、坂巻と三好の仲が悪いと定説となっており、同じ連隊に配属されてしまったのは完全なる手違いだった。

「あ、あの、坂巻は読書家で、将校集会所にある本は全部こいつが寄付してくれたんです」

気を利かせたつもりか、一人が強引に話を変える。

「歴史小説ばかりだったな。好きなのか？」

「はい」

そういえば、一度阿澄がその中から出てくるのを見かけた。阿澄の言葉に、坂巻は無言で頷いた。

しかし場の空気は払拭《ふっしょく》されず、沈黙が立ち込めた。

「ドイツはやはりビールが旨いのですか？」

気まずさに耐えかね、もう一人が果敢に阿澄に別の話をする。

「確かに、日本に比べてたくさんの種類があるな」

話題を変えられたのに気づいたのかどうか、阿澄は生真面目な顔で答えた。

「では少佐殿はビール党ですか？」

「いや、僕はワインなんだ」

こんなに質問攻めにして阿澄が怒らないだろうかと思ったが、彼はこうしたときの部下の扱い方を心得ているようだった。

「先生は思ったよりもずっと取っつきやすいですね」

一人だけ空気のまるで読めない木下が、にこにこ笑いながら言う。

「伊世公爵のショウネンっていうから、どんな人かと思ってたんですよ」

不用意な一言に場が凍りついたものの、阿澄は淡々としたままだった。

「それなら、今夜わかっただろう?」

え、と二人を取り囲んでいた一同が顔を見合わせる。おまけに、阿澄は稚児という説を否定しなかったのだ。

「今日はもう、これくらいでいいかな。僕は相馬大尉と話があるんだ」

食卓を取り囲んでいた連中が申し訳程度に敬礼し、席に戻っていく。

「……悪かった」

「何が?」

「部下が不用意なことを言って、申し訳ありません。木下も悪いやつではないんだが」

晄久が言いさしたのを、阿澄は首を振ることで遮った。

「べつに、大した問題じゃない。単なる事実だ。君が謝ることでもない」

阿澄は素《そ》っ気《け》なく答えると、水を口許に運ぶ。

思ったとおり、彼の晄久への態度は部下に対するそれより随分硬い。そこまで晄久は避けられているのだ。

「それで、そちらの話というのは?」

切り出していいものかと迷ったが、晄久が勇気を出して問いかけてみると、阿澄は凍《い》てついたような視線を向けた。

「一つ頼みがある」

嫌な予感に駆られつつも、素知らぬふりで尋ねる。

「何なりと」

「あの事件の夜……軽井沢でのことを、僕の前では絶対に口にしないでほしい」

晄久からあえてあの晩の話をしたことはないが、阿澄にとっては相当触れてほしくないことらしい。

「……わかりました」

「それから、もう二度と、僕をこういう席に連れ出さないでほしい。僕からの話は以上だ」

そう言うと、阿澄は財布から紙幣を数枚出して机に置いて、さっさと立ち上がる。明白に過分な金額だった。

「怒ったんですか?」

「そういう意味でならば、最初から腹を立てている」

阿澄は冷えきった表情で言い捨てると、振り返ることもなく店を出ていった。

部下の手前、露骨に彼との不仲を見せられない。追いかけることもできずに、晄久はテーブルに並べられた料理を眺めてため息をつく。

「こっちの料理も食べていいぞ」

部下に声をかけると、彼らは晄久の気持ちも知らず、どっと沸いた。

日比谷《ひびや》の皇居近くにある帝国ホテルは、フランク・ロイド・ライトの設計による華麗な建物だ。数千人を収容できるような大きな宴会場を備え、結婚式場やパーティなどに使用されている。

建物の細部にまでふんだんに和の意匠を採り入れ、外国人にも好評だった。特に煉瓦《れんが》を組み合わせたロビーは晄久も気に入っており、友人と会うときもしばしば使っていた。

帝都の名所の一つで、阿澄も幼い頃など晄久があげた絵はがきを大事にし、「帝都に行ったら一度は泊まりたい」などと可愛いことを言ったものだ。尤もかつての建物は失火で消失し、この本館は数年前に完成したばかりだ。あの大震災にも耐え、今なお東京を代表するホテルだった。

今宵《こよい》は財界人の喜寿を記念したパーティで、立食形式の宴会場は人でごった返しており、不景気なのも嘘のようだ。

どれほどの不況でも、金のあるところには唸るようにある。

尤も、死んだら地獄に金を持っていけないのだから、生きているうちに使ってしまおうという考えは晄久も賛成だった。

今宵は父の名代となる。いくら彼に反発していても、家族であるからには嫡男としての務めは果たしていた。

「相馬！」

学習院での同級生に握手を求められ、軍服のまま夜会に出席した晄久は笑顔を向けた。

「久しぶりだな。連隊暮らしはどうだ？」

「特に代わり映えしないよ。おまえはどうしてたんだ？」

「先週、アメリカから戻ってきたばかりだ」

父のたっての頼みで彼の名代として渋々出向いた夜会だったが、友人に会えたのは収穫だ。当たり障りなく近況を報告したあとに彼と別れると、シャンパンを受け取ったばかりの女性と目が合う。

「こんばんは」

挨拶をしてきたのは政治家である松永久司《まつながひさし》の娘である小夜子《さよこ》で、外遊から戻った彼女は未だに独身だが年齢不詳の美女だった。とはいえ晄久よりも年上なのは確実で、昔からこうした夜会で時間を持て余していると積極的に声をかけてくれる。

身につけているものもパリの最新のモードとかで、いささか奇抜すぎて浮いている。しかし、いっこうに意に介する風情もないのが彼女のすごいところだった。

「お久しぶりです、小夜子さん。フランスへ行ってらしたそうですね」

「ええ、またあちらへ行くつもり。……あら、相変わらず年齢不詳だこと」

小夜子の後半の台詞は、ちょうど自分たちの前を通りかかった清澗寺《せいかんじ》和貴《かずたか》を指してのものだった。日本を代表する財閥の一つである、清澗寺財閥の事実上トップに当たる人物だ。企業グループ同士が鎬《しのぎ》を削《けず》る昨今、清澗寺家は相馬家や眞野家にとって強力なライバルだった。

細面《ほそおもて》に配置された目鼻立ちは整っており、蠱惑的な表情が印象的だ。暁久も夜会や観劇で何度か彼を見かけたが、年齢不詳という表現は言い得て妙だった。以前は男女を問わずさんざん浮き名を流し、静《しずか》など彼に憧れている様子もあったものの、歳を取って落ち着いたらしい。それでも放恣《ほうし》で悪名高い清澗寺家の一員らしい人物だと、父の達弘《たつひろ》は彼を毛嫌いしていた。達弘とて、彼の一族をとやかく言えるような人間ではないのだが。

「あれで俺より年上には見えませんね」

噂話は苦手な暁久は社交界のことにはさほど関心はなかったものの、一応は相槌《あいづち》を打つ。

「まったくだわ。以前、道貴《みちたか》さんと船で乗り合わせたんですけど、そのときも若いって思ったわ」

道貴とは清澗寺家の三男坊だが、大学を卒業してすぐに中国へ渡ったらしく、暁久も噂でしか彼を知らなかった。

「あなたは階級が大尉になったのね。軍隊生活はいかが？」

小夜子は頭の回転が速すぎるらしく、次々に話題が移り変わる。今も暁久の肩章の星の数から、以前よりも昇級したことに気づいたらしい。

「いい部下に恵まれて充実しています」

「模範解答ね。軍のお偉方なんていないんだし、好きなことを言っても構わないのよ？」

「本当にそう思っていますから」

苦笑する晄久に、小夜子は「ふうん」とつまらなそうに頷いた。

「そろそろ結婚なさったら？　独り身というのもよくないわ。鷹野《たかの》家の令嬢と上手くやってるんでしょう？」

「初音《はつね》さんのことはともかく……その言葉、そっくりお返しします」

「あら」

会話が途切れたのは彼女が気を悪くしたのではなく、会場の人々が俄にざわめいたせいだ。

「綺麗な殿方だこと」

見れば黒い礼服に身を包んだ青年が会場に入ってきたところだ。

阿澄だった。

彼は伊世公爵の影のように付き従っている。年齢が六十も違うので、息子と父というよりは、孫と祖父という風情だった。

「噂の伊世親子ね」

小夜子は興をそそられたらしく、目を爛々《らんらん》と輝かせている。

「彼に関して、どんな噂が出回ってるんですか？」

「衝撃的な社交界デビューのおかげで、星の数ほど。出身地すらわからない、謎めいた美青年なのよ。どうやってあの難物に取り入って養子になったのか、皆が気にしているわ」

晄久だって知らない。

阿澄がどうやって伊世公爵と知り合い、そして養子になったのか。阿澄を追い出した父の達弘でさえ、そのあたりはわからないだろう。今日は晄久にすべてを任せて欠席している父だが、噂の青年があの阿澄だと気づいてすらいないはずだ。

「勿論、公爵だってあの子の美貌を利用してるに決まっているでしょうから、別に問題もないんでしょうけど」

「利用？」

阿澄は伊世のためにシャンパングラスを取り、それを手渡す。そして、料理を選んで更に取り分けている。

すらりと伸ばした背筋も美しく端然としており、会場の衆目を集めていることにまるで関心を払っていないようであった。

「何でも、眞野《まの》伯爵自ら手取り足取り諸々を教えたらしいわ」

眞野の名前にどきりとしたのは、先日阿澄を乗せた車のことを思い出したからだ。

「…詳しいんですね、小夜子さん」

「あの好事家《こうずか》の秘蔵っ子と聞けば、気にならないわけがないじゃない！」

ありありと彼女の声が弾んでいる。

「好事家なんて言ったら、伯爵に怒られますよ」

「女誑しって言うよりいいでしょう？　伯爵はあの子を大層可愛がっていて、京都ではどこにでも連れていったという話よ」

小夜子にしてみれば、二十代の晄久も阿澄もひとくくりにして『あの子』の範疇《はんちゅう》に入れてしまえるのだろう。

「やはり育ての親に似るものなのかしらね」

小夜子の言葉は他意がないのだろうが、さすがの晄久もかちんとした。

「眞野さんの秘蔵っ子だからといって、行状も彼に似るとは限らないでしょう？」

「利用と言ったの、聞こえなかった？　戻ってきて日が浅いのに、あっという間に誘われたら拒まないなんて噂になるなんて、十分スキャンダラスじゃなくて？」

確かに阿澄のような美形に酌をさせれば、酒も旨くなるだろう。

とはいえ本人たちがいるのに噂をするのも憚《はばか》られたのか、小夜子は「この話はよしましょ」と阿澄の話題を強引に打ち切った。

「じゃあ、私はこれで」

「ええ」

小夜子と離れたあとも折りに触れ阿澄をちらちらと見ていると、彼は与党の政治家である洲本《すもと》と何かを話し込んでいる。

羞じらいと媚びを含んだ阿澄の表情に、晄久ははっとした。

――まるで別人だ。

晄久が知らない阿澄がそこにいた。

頭を鈍器で殴られたような、そんな衝撃に晄久は襲われた。

利用というのは、まさか。

まさか、伊世公爵や眞野のために、阿澄が己の躰を取引の材料にしているという意味ではないか。それならば、このあいだ眞野が車に乗せたのも納得がいく。

誘われたら拒まない――その言葉の意味に解釈の余地があるものか。

阿澄のようなタイプは、女性よりも男性に人気があると考えるのが妥当だ。静がショウネンという言葉を出したときも、さもありなんと納得できた。

愁いを帯びたような、深い色味の黒い瞳。潤んだように濡れた目で見つめられたら、変な気分になる男がいたっておかしくはなかった。

背筋が一気に冷えた。

洲本が何ごとかを耳打ちしたので、阿澄が微笑を湛《たた》えて首肯する。

そこに漂う秘めやかな雰囲気に、晄久は目を奪われた。

二人は一旦そこで離れたものの、政治家が宴会場をあとにしてから、ややあって阿澄も父を置き去りにして出ていった。

陽射《ひざ》しが、ひどく応《こた》える。

寝不足のせいで、その原因になった相手のことを思い出し、阿澄は苦い思いに駆られる。

帰国してからというもの、そうした接待が阿澄の生活に加わった。頻度は少ないが、軍との両立は楽ではない。晄久と再会する前はそれが嫌だったが、一度でも経験してしまえば、あとは開き直れた。

一晩お相手するのは構わないが、次の日も仕事があるこちらの身にもなってほしかった。洲本ほどの政治家になれば、翌日の日程の調整はいかようにでもなるのだろうが、阿澄は今は軍属なのだ。

「…………」

欠伸《あくび》を嚙《か》み殺し、練兵場にやって来た阿澄は連隊の教練をじっと見守る。

観察は職務に含まれていないものの、彼らの体力を向上させ、より効率的な訓練をするための糸口を見つけたかった。

職務に精励し、さっさとこの面倒な職場から逃れたい。

晄久と同じ敷地にいるというだけで、自分の心は馬鹿みたいに騒ぎだすからだ。秋だというのに、やけに天気がいいのも手伝い、軍帽の下で髪が汗ばんでいる。汗を拭《ぬぐ》いつつ視線を投げると、中隊長である晄久が教練を見守っていた。

そうでなくとも精悍《せいかん》な顔は厳しく引き締まり、晄久は背筋を伸ばして毅然《きぜん》と部下たちの様子を見つめている。その視線の先に自分がいれば喜ばしいのだが、詮《せん》なき空想だ。寧《むし》ろ、晄久自身は阿澄を認識していないようだから、そのほうが有《あ》り難《がた》いではないか。熱心に教練を見ていたと気づかれたら、彼を喜ばせてしまいそうだ。

昨日の夜会では特に挨拶《あいさつ》をしなかったが、会場に晄久がいるのは認識していた。小夜子と親しげにしていたが、彼女ならば妬《や》く必要はない。

あれで、晄久も気づいただろうか。

阿澄が何をしているのか。

養父に恩返しするために、自分の肉体をどうやって切り売りしているのか。

だが、晄久のことだ。噂などでは阿澄を判断できないと、頑《かたく》なに信じない可能性もある。

こんな宙ぶらりんな状態は、苦しかった。

自分にはもっと悪評が必要だ。いっそのこと彼が阿澄に幻滅し、見限ってくれるのが一番いい。

そんなことを考えつつ踵《きびす》を返そうとしたが、足許《あしもと》がふらりと乱れた。

やはり、少し横になったほうがよさそうだ。

といっても、このあと会議があるから早退するわけにはいかない。診療室ならば休息を取れるのではないか。

まだ顔は合わせていないが、ちょうどここの軍医の吉武英一《よしたけえいいち》は古い知り合いでもあるし、挨拶にはうってつけだ。

気分の悪さを堪《こら》えながら、阿澄は兵舎の中にある診療室を目指す。

古ぼけた木製の扉を叩《たた》くと、すぐに「どうぞ」と返事があった。

懐かしい響きだ。

「失礼します」

ドアを開けて中に入ると、「阿澄！」と驚いたような声が飛んできた。

長身の男が弾《はじ》かれたように立ち上がり、転びそうになりながら近寄る。

「元気……じゃないみたいだな。顔色が悪いぞ」

「ちょっと体調が悪いんだ。休ませてほしい」

「着任の挨拶もすっ飛ばして、ここで昼寝する気か？」

冗談めかした口調に嫌みはなく、彼は背後にある寝台を指さした。

「使っていいぞ」

「ありがとう」

吉武とは中学から京都帝国大学までの同窓生だ。

眞野《まの》が小春《こはる》と阿澄の双方を一緒に住まわせたことは、社交界では関心を持たれなくとも、学校という狭い世界ではすぐに広まった。

早熟な連中は中学生の阿澄を眞野のお稚児《ちご》さんと呼んでからかった。しかし、吉武はそんな噂を一切気にせずに阿澄に近づいてきた。

出世にも体面にもいっさい興味がない男なので、吉武とつき合うのは楽だ。自分のせいで相手の将来に悪影響を与えたら——などと考えなくて済む。

「おまえは昔からよく貧血起こしてたからな」

にっこりと笑うと、吉武の細い目はなくなってしまう。ひょろりとした優しい顔立ちの吉武は、自分の印象では麒麟《きりん》に似ている。

ドイツに届いた手紙によると、彼は阿澄より一足先に、歩兵連隊の医務室に配属されていた。以前は衛戍《えいじゅ》病院に勤務していたが、自身の研究のために医務室を希望したのだ。医務室ではさほど仕事が大変でないため、彼自身の望む新薬の研究に没頭できたからだ。彼からの報告で、阿澄は晄久の消息を知ったのだ。

白衣を身につけた吉武は、阿澄同様に軍人には見えないはずだ。

「寝るか？」

「いや、眠くはない」

襟元を緩めてから寝台に潜り込むと、気持ちが少しだけ和んだ。

懐かしい相手がそばにいるせいかもしれない。

彼は晄久と違って、阿澄が自分の素のままの姿をさらけ出せる数少ない相手だった。

「ここでの調査の話、聞いたよ」

「どう思う？」

寝台に横たわったまま阿澄が問うと、傍《かたわ》らに椅子を引っ張ってきた吉武は微笑《ほほえ》んだ。

「腕利きの外科医に任せるにしては、地味な仕事だ」

「それは仕方がない」

「いい話だ。糧食委員の決める食事は予算内に抑えようって意図が先行して、栄養を軽視してる。病気になるやつがいてもおかしくない。それに性病だって問題だよ。ときどき性病の薬が欲しいといって、くすねるやつがいるからね」

吉武は肩を竦《すく》める。

「だけど、おまえが本当に陸軍に戻るとは思わなかったよ。てっきり、ドイツに残ると思ってた」

「そのつもりだった。でも……」

そこで阿澄は言葉を切り、俯《うつむ》いた。

「あちらで病気をしたと手紙に書いたろう？」

「ああ、肺炎をこじらせたんだったな」

「そのとき思ったんだ。もう二度と会えないのは怖いと」

死んでしまえば、晄久を守れなくなってしまう。

勧められるまま留学したのだって、最新の医療を習得すれば軍の——ひいては晄久のためになると思ったからだ。

無為に死ぬために、遠くへ行ったわけではない。

寄り添うことはできなくとも、見守りたい。いざというときには、手を差し伸べられる場所にいたい。

馬鹿みたいな自己満足だ。

一緒にいたって素直になれないくせに、こっそり相手を守りたいなんて、勝手な言いぐさだった。

「……偉いな」

手を伸ばした吉武が、阿澄の髪をくしゃりと撫《な》でる。

誰に、とは言わずとも吉武には通じてしまったらしい。

「僕も君の爪《つめ》の垢《あか》を煎《せん》じて飲むほうがよさそうだ」

「全然褒められたことじゃない。ここの兵士たちは国のために集まっているのに、僕は私利私欲のために生きている」

優しい手だった。

「食い詰めて陸軍に入るやつだってごまんといる。理想のために生きていけるほど、みんな高潔なわけじゃない」

「そういうものかな……」

慰められているとわかって、声が弱いものになってしまう。

「安心しろ。僕だって、研究のために陸軍の力をあてにしてるだけだ」

「お互いずるい大人になったみたいだ」

「違いない」

弾けるように吉武が笑ったので、阿澄はやっと唇を綻《ほころ》ばせる。

久々の再会だけに、自然と友人たちの近況に話が及ぶ。

留学中は彼らと疎遠にしていたので、知らないことばかりだ。物故者もいると知らされ、自然と気持ちは重くなった。

やがて話題は、学生時代の思い出話に移り変わる。

「今日みたいにいい天気な日は、よくおまえと寺院巡りをしたな」

「うん」

「おまえは東寺《とうじ》が好きだったな。何度連れていかれたか、数え切れないくらいだ」

「……うん」

歴史や古い寺社仏閣が好きな阿澄にとっては、京都は散策するのに適した場所だった。

特に気に入っていたのは、空海《くうかい》の開いた東寺だった。

講堂に鎮座する多くの仏像を眺めていると、飽きなかった。昔の人々がどんな思いを抱《いだ》いてこれらの像を創り上げたのか、想像するだけでわくわくした。

中でも帝釈天《たいしゃくてん》は特別だ。

すっきりとした面差《おもざ》しが、どことなく晄久に似ていると思っていた。晄久が大人になったらこんな顔だろうと勝手に想定し、心の中で何度も晄久に話しかけたものだ。

そのことを吉武に話したこともあるのだが、彼がすっかり忘れているようで阿澄は安堵《あんど》した。

それに、再会してみてわかった。晄久は帝釈天よりも、遥《はる》かに男前だ。

「また京都に行きたいな。休みにでも一緒に行かないか？」

「うん、考えておくよ」

「よし」

吉武が嬉《うれ》しげに笑ったので、阿澄も嬉しくなる。

今だけは、まるで昔に戻ったように屈託なく笑えた。

当時だって自分は籠《かご》の鳥だったが、今よりも自由だった。

自分が何を得て何を失ったのか、あまり考えずに済んでいた。

今は違う。

一日生きるごとに思い知る。自分に絡みつくしがらみも枷《かせ》も外れることがなく、永遠にそれに縛られて生きていくのだと。


「あ」

兵舎に戻る途中の晄久は、建物の手前で足を止めた。

探している相手の姿があったからだ。

教練を見に来ていた阿澄の様子がおかしかった。それが気になって兵営に戻ってから彼を探していたところ、開いたカーテンの隙間《すきま》から診療室の内部が見えたのだ。

——阿澄。

阿澄はベッドの上に腰を下ろしているらしく、顔色は悪いが大したことはなさそうだ。

そして何よりも驚いたことに、笑っていた。

あの頃のように、屈託なく。

阿澄の弾けそうな笑顔は美しかった。

阿澄が昔のように笑えるのは嬉しい、嬉しいが……それ以上に苛立《いらだ》ちが胸を灼《や》いた。

やはり、阿澄は昔のままの無邪気さを持ち合わせていると再認識した喜び。

そして、それならどうして自分を頑《かたく》なまでに避けるのかという苛立ち。

その二つが混淆《こんこう》し、気分が悪くなりそうだった。

「…………」

よくないことだ。

自分らしくない感情に掻《か》き乱されそうになり、晄久は深呼吸を試みる。

武人たるもの、そう簡単に心を乱されてはいけない。

診療室の軍医である吉武とは必要以上に交流を持ったことはないが、控えめで誠実な人物だ。

医者同士、彼らは通じ合うものがあるのだろう。あるいは、大学か何かが一緒という可能性もある。それ以外にも、陸軍病院で知り合っていてもおかしくはなかった。

なのに心が騒ぐのは、静や小夜子が吹き込んだ心ない噂話のせいだ。

いくら社交界に興味のない晄久でも、阿澄の何が問題とされているかはよくわかった。

昨日の阿澄は政治家の洲本と待ち合わせをしていたらしく、二人で時を前後して姿を消した。

父の達弘と大して歳《とし》の変わらない、老人ではないか。

もしかしたら、今の吉武に見せた無邪気な表情も、男を手玉に取って籠絡《ろうらく》させるための演技で——だめだ。

たかだか噂だけで阿澄を判断するのは、彼には失礼だし公正さを欠く。

「相馬さん。伊世三等軍医正がお見えです」

「先生が？」

思いを巡らせていた相手の名前を出され、晄久ははっとする。

中隊長室にやって来た阿澄は、物珍しそうにあたりを見回した。

「どんなご用件ですか？」

顔色はあまりよくないものの、休んでいて回復したのかもしれない。

「先日の調査票の件だ」

「……ああ」

「兵の意思を尊重したうえで円滑に調査をしたいので、君の判断を仰《あお》ぎたい。もし調査票が難しいのであれば、聞き取り調査にするのはどうだろう？」

珍しく阿澄のほうから折れてきたことに、晄久は驚きを覚える。

だが、それも吉武の入れ知恵ではないかと思うと、素直になれなかった。

だいたい、阿澄が連隊に馴染《なじ》めるように居酒屋へ連れていったことも、おそらくは無駄だったのだ。放っておいても阿澄は吉武と自然に接しているし、軍隊生活で困っているようにも思えなかった。

そう考えると、だんだん苛々《いらいら》してきた。

「生憎《あいにく》、彼らは疲れ切っています。再来週には演習で遠出しますし……聞き取り調査なんて面倒なことには協力できません」

「それはわかっている。どうせ君も忙しいのだろう？　ならば、もう少しお互いに負担の少ない方法にしたい」

「だったら、俺じゃなくて吉武さんに手伝ってもらえばいい」

「え」

刹那《せつな》、阿澄がありありと表情を変えた。

意地悪なことを言ったせいで阿澄が動揺したのだと知り、晄久はより意固地になる。

「それに、聞き取り調査よりは、調査票のほうがましですよ」

「そういうものか？」

「だいたい、普段兵士と接していないあなたに、彼らが腹を割って話してくれるとも思えません」

「どうすれば、彼らは腹を割ってくれるんだ？」

「一緒に呑《の》んだりするのが嫌なんでしょう？　でしたら、教練や演習にでもついてきたらどうですか？」

「…………」

晄久の鋭利な台詞《せりふ》に、阿澄が黙り込むのがわかった。

しまったと思ったが、一度口にした言葉を取り消すことはできない。

こうなると、もうやけくそだった。

「それがだめなら、兵営で暮らすという手もあります。日常的に顔を合わせていれば、彼らもあなたに親しみを持つかもしれない」

自分でも、自分を止められなかった。

「わかった」

晄久の言葉を耳にして、阿澄が首肯する。

「何がわかったんです？」

「僕も兵営で暫《しばら》く暮らしてみよう。空いている場所はあるか？」

意外な反応に、晄久はぽかんとする。

「なんだ？　そちらから持ち出したのに、許可できないのか？」

「いえ、そんなことはありません」

「兵営に住む将校だっているのだろう？」

無論、収入の少ないうちや経験が浅いうちは、兵営に住み、兵士たちと交流を深める将校もいる。しかしたいていは中尉になる前に狭苦しく窮屈な場所を出ていき、下宿をしたり家庭を持ったりするものだ。

こんなに綺麗《きれい》な人間を兵営に置いて、下級兵たちが浮き足立たずにいられるかどうか。そのうえ、阿澄の悪評は一般の兵士にまで伝わっている可能性もあるのだ。

売り言葉に買い言葉なのだろうが、阿澄が受けて立った以上は、晄久にだって取り消せない。

「ただ、心配なだけです」

「……ああ。兵営は大部屋で過ごすんだったな。僕は身持ちが悪いから、君の心労も増えそうだ」

こちらの胸が抉《えぐ》られるような冷めた声で言い放ち、阿澄は皮肉げに唇を歪《ゆが》めた。

「僕の噂くらい、知っているんだろう？」

何もかも諦めたような、露悪的とさえいえる口調だった。

「遠慮することはない。知っているのか知らないのか、答えたらどうだ。知らないというのなら、つぶさに教えてやる」

「…………」

「答えろ」

鋭い詰問に、晄久はこれ以上は隠し通せないと観念する。

「知っています」

「やはり、部下が心配なのか。だが、僕も相手を選ぶ。益のないものは相手にしないから安心したまえ」

そうではない。

中隊の部下たちを信じているが、戦争に『絶対』がないのと同じことだ。

自分よりもずっと華奢《きゃしゃ》で美しい阿澄が組み敷かれれば、負けるのは目に見えている。

誰であろうと、彼に触れてほしくない。それだけなのだ。

しかし、その懸念を口にすれば、きっと晄久の負けだ。阿澄はなぜか、己が淫売だと晄久に認めさせたがっているように見えるからだ。

過去の彼自身さえも、阿澄は消し去ろうとしているのだろうか。

しかし、いったい何のために？

二人を繋《つな》ぐ思い出まで消してしまったら、晄久と阿澄は単なる他人でしかなくなってしまう。

「中隊の不祥事は君の将来にも関わるから、心配なのはわかっている」

突き放したような声だった。

「そんなことを心配しているのではなく……」

晄久はそこで言葉を切った。

阿澄が襲われることを危惧《きぐ》していると口にすれば、彼の思う壺《つぼ》だ。

いつからこんなことになってしまったのか。

阿澄個人を心配していると、そんなごく当然のことでさえも口に出せない歪な関係になど、なりたくなかった。

「どうした？　考え直してほしいとでも言うつもりか？」

「――いえ、構いませんが暫く待ってください。週明けには部屋を用意させます」

「結構」

阿澄が傲然《ごうぜん》と頷《うなず》く。

その顔は先ほど診療室で無邪気に笑っていた青年とは同じには見えず、晄久は軽く自分の手を握り締めた。

6

日曜日。

眞野《まの》に誘われて上野《うえの》の美術展に出かけた阿澄《あずみ》は、彼の買い物につき合って銀座《ぎんざ》に立ち寄った。

日曜日の銀座は人が多く、中には冬支度で出かける者も多かった。

「どうだったかい、阿澄」

洒落者《しゃれもの》の眞野は流行の背広に身を包み、柔和な笑みを崩さない。

阿澄は普段は軍服に身を包む生活を送っていても、それには相変わらず慣れない。やはり、こうして普段着になれると心身が軽かった。

「楽しかったです」

「珍しく素直だな」

「今日はそういう気分なんです」

つんとした可愛《かわい》げのない美人——それは阿澄の一面であってもすべてではないので、こうして気弱なところを見せてしまうことがある。

それでも眞野は阿澄を見限ったりせずに、いつも優しく受け容《い》れてくれた。

「それは結構」

「でも、僕が相手でよかったんですか？」

「それはこちらの台詞だ。こういうときに一緒に出かける友達か恋人くらい、いてもいいだろう？」

「……生憎、身持ちが悪いので」

阿澄の拗《す》ねた言葉さえも、眞野は「そうか」とあっさりと流した。

「相馬《そうま》君も誘えばよかったな。彼とは一度、話をしてみたかった」

「無茶は言わないでください」

そうでなくとも、晄久《あきひさ》とは極力距離を保っているのだ。不用意に一緒に出かけたいなどと言えば、間合いを詰められかねない。

それに、このあいだも言い争いをしたばかりだ。

兵営に住みたいと言ったときの晄久の困惑顔を思い出すたびに、どうしてあんなことを口にしてしまったのかと後悔が胸を灼いた。

おまけに、晄久は阿澄の噂を知っていたのだ。

幻滅されたいと思っていたのに、情けなくなった。何もかも知っていてこれまでどおりに振る舞おうとしてくれた彼の優しさに、惨めでたまらなくなった。

不思議だ。

どんなに鉄面皮に振る舞おうとしても、心までは追いつかないときがある。

阿澄の心の奥底にはやわらかなものがあって、ささやかな自他の言動に傷つき、血を流しかけるのだ。

「誘えば来るよ。相馬君は君の部下だろう？」

「階級は部下ですけど、軍隊においてはあちらが先輩です」

「不便なものだな」

眞野は茶化すように言ったが、それきり深くは追及しなかった。

「さて、これからどうする？」

「どうって？」

「まだ帰るには早い。かといって、夕食まで君を独り占めしたら、公爵の機嫌を損ねそうだ。何か甘いものでも食べにいこうか」

「甘いもの……」

このあいだ晄久が買ってくれたあんぱんは、とても美味《おい》しかった。ちょうど銀座の木村屋はすぐそばだ。しかし、眞野にあんぱんなどというのも憚《はばか》られる。

「何がいい？」

「……あん……あんみつとか」

「いいね、あんみつか。お勧めの店がある」

銀座の街並みが昔と変わっただの何だのと他愛ないことを話しながらも、阿澄は半ば上《うわ》の空《そら》だった。

眞野の知っている甘味処へ向かおうとして、阿澄はそこで足を止めた。見慣れた背格好に気づいたためだ。

「あっ」

反射的に声を上げてから、しまったと心中で舌打ちをする。

小さく声を出しただけなのに、前方を歩いていた一組の男女が同時に振り向いたからだ。

「……阿澄」

狼狽したように、晄久が名前を呼ぶ。

背広姿の晄久は一人ではなく、美しい女性を伴っていた。

目がぱっちりとして、まるで零《こぼ》れ落ちそうなくらいに大きい。髪は流行のスタイルに切り揃《そろ》えており、瑞々《みずみず》しい唇が印象的だった。とにかく、目立つ二人組だ。

「奇遇だな」

声を振り絞ってそれだけ発音できたのが、自分でも意外だった。

とはいえ、蛙《かえる》のように潰《つぶ》れた声しか出なかったが。

「もしかして、君が相馬君？」

一歩前に出た眞野が晄久に声をかけたので、阿澄ははっとする。

偶然とはいえ、まずい二人を引き合わせてしまった。

「ええ、眞野さんですね。お噂はかねがね」

如才なく晄久が右手を差し出したので、眞野はその手を握り返す。

「うちの阿澄が世話になっているようだね。この子は世間知らずだから、何かと迷惑をかけているだろう？」

手を放した眞野がさりげなく阿澄の腰に手を回し、ぐっと引き寄せた。

「そんなことはありません。いろいろ勉強させていただいてます」

ちらりと眞野の手許に視線を走らせたものの、晄久はにこやかに笑っている。

だが、その目は笑っていない。

晄久のような潔癖な人間にしてみれば、町中でこういう行動をするのは勿論、そもそも阿澄のような嗜好《しこう》はやはり気色が悪いのかもしれない。

「そちらの女性は？」

「彼女は僕の友人の妹です。今日はレビューのエスコートを仰《おお》せつかって」

「鷹野初音《たかのはつね》です」

女性は鈴が転がるような甘い発音で言うと、眞野と阿澄に会釈した。

苦いものを呑み込んだように、胸が重くなる。

「鷹野家のご令嬢なら、婚約も秒読みという話じゃないか」

「いえ、婚約はまだです。俺はただの付き添いで」

まだということは、いずれ婚約するつもりなのだろうか。

政略結婚の傾向が根強くある現代において、こうして睦《むつ》まじくしている相手と結婚できるのであれば、晄久も幸せ者だ。

悔しい。

嫉妬《しっと》する筋合いなどないのに、平常心ではいられそうにない。

この先、彼女が晄久に寄り添うのだと思うと、理不尽な怒りが込み上げてくる。

女旱《おんなひでり》と言ったくせに、晄久だって嘘つきだ。

「そう強く否定するものではないだろう？　女性に失礼だ」

眞野の言葉に、刹那、晄久が気まずそうな顔になる。

眞野はまるで気づいていない様子で、機嫌よく続けた。

「ああ、レビューは今からかい？　引き留めて悪かったね」

「いえ、それでは失礼いたします」

「またゆっくり会おう」

「はい」

社交辞令に真顔で答えた晄久は目礼し、初音を伴って劇場方面へ向かう。歩幅を初音に合わせ、完璧な紳士ぶりだ。

「お似合いの二人じゃないか」

「え？　……ええ」

あの美しい令嬢だったら、晄久の傍らで微笑んでいても何ら問題はない。阿澄とは何もかもが違うのだ。

「おいで、阿澄。店はこっちだ」

「はい」

手を放した眞野に促されて、阿澄は慌てて彼の後を追った。

——嫌な休日だった。

自宅に戻って日記をつけていた晄久は、万年筆が引っかかって書き損じたことに腹を立ててページを破いた。

「くそ……」

ぐしゃりと丸めて小さくした紙を屑籠《くずかご》に向かって投げたが、飛距離が足りずに手前で落ちてしまう。

すっと襖《ふすま》が開き、お茶を持ってきた妹の雅子《まさこ》が晄久の顔を目にして驚いたように「どうしたの？」と問うた。

「何でもない」

「帰ってきてからすごく機嫌が悪いわよ。初音さんに振られたの？」

「違う」

初音とは一緒に出かけてほしいと頼まれただけで、他意はなかった。

ただ、彼女の真意が顔の広い眞野に知られては何かとまずいから、あそこで明確に否定しなかっただけで。

「だってレビューのあと、お食事をしなかったの？」

「しないよ、昼飯を一緒に食べたからな」

あまり追求されると面倒なので、晄久はぞんざいに答えた。

「神領《かみりょう》さんには電話した？」

「いなかったよ」

晄久が出かけているあいだに静《しずか》から電話があったというのですぐにかけ直したが、今度は彼のほうが不在だった。

「お茶、置いておくわね」

「ありがとう」

雅子が出ていったので、晄久は頭の上で手を組み、畳に身を投げ出した。

阿澄が日曜日に誰と出かけようと構わないが、よりによって眞野と一緒だというのが気に入らなかった。

しかも、うちの阿澄だって？

眞野のあの発言は、いったい何なのか。

保護者としてならいいが、所有しているような微妙さを感じ取り、晄久はむっとしていた。

だいたい眞野は妻帯しており、子供までいる。日曜日に出かけたければ、阿澄でなく美女で有名な細君と出かければいいではないか。

それが、あえて阿澄を選ぶなんて。

おまけに、眞野は阿澄の腰に手を回したりして二人の関係を見せつけた。

阿澄も阿澄だ。

自分の評判を知っていてわざわざそれに更に拍車をかけるような真似をするとは、非常識にもほどがある。

もしくは、世間体なんて気にならないくらいに、眞野のことを好きという意味なのか？

「畜生《ちくしょう》……」

どうして眞野なのか。

どうして、晄久ではだめなのだろう？

妄執じみているとはいえ、単に阿澄のことを思ってきた時間なら、自分のほうが遥かに長いはずだ。

なのに、阿澄をあの男に渡さなくてはいけないというのが口惜しかった。

いや、眞野だけではない。どんな相手であっても、阿澄を渡すのは嫌だ。

阿澄の中に昔の彼自身の片鱗《へんりん》が残されていることが、少しずつわかってきた今だからこそ、よけいに悔しいのだ。

「お兄様、大変」

ぱたぱたと走ってきた雅子は、熱でもあるかのように頬《ほお》を赤らめている。

「雅子、廊下は走るな。行儀が悪いぞ」

「だって、だって……」

「だって、何だ？」

「神領さんがいらしたの！　ほら、お土産《みやげ》をいただいちゃったわ。お兄様、よくお礼を言ってね」

洒落た外見の小さな紙包みを示す雅子の声が、明らかに弾んでいる。頬を上気させており、その少女めいた仕種《しぐさ》がやけに可愛らしく思えた。

「……通してくれ」

晄久は着物の襟元を正し、座布団を引っ張り出す。

「やあ」

大概洋装で通す静は、こんなときでも背広姿だった。

彼は勧められもしないのに、晄久が用意した座布団の上に腰を下ろした。

「何の用だ？」

「冷たいな。君が会いに来ないせいだ」

そうでなくとも雅子は静に淡い憧れを抱いている。静が手土産つきで訪れれば、よけいな期待を持たせることになってしまう。

「悪かった。でも、おまえはいい加減結婚したらどうだ？　そうしたら雅子も諦《あきら》めてくれる」

「結婚は無理だな」

昔から静は秘密主義で、たとえ親友であってもその点に関しては一線を引いている。

自分の仄《ほの》かな初恋を打ち明けたのは、幼心にも秘めた思いの重みに耐《た》えかねたからだが、彼がそうしてくれないのは少しばかり淋《さび》しいものだ。

「まさか、道ならぬ恋でもしてるわけじゃないんだろ？」

「よくわかったな」

さらりと言われて、晄久はぎょっとした。

「本当なのか!?」

「冗談だよ。それより、本題に入るぞ。内偵の件だ」

厳しい顔つきになり、晄久は姿勢を正した。彼があえてその話をするということは、急を要するはずだ。

「憲兵からの資料が極秘で回ってきた」

「どうだった？」

このところ、部下の将校たちの動きが気になっていたこともあり、静には内密に情報を回してほしいと頼んでいたのだ。

こういう話は、さすがによそではできない。

「やはり、武力蜂起《ほうき》を計画をしている連中の動きが活発になってる。近歩一《きんぽいち》は要注意とのお達しだ」

近歩一——近衛《このえ》歩兵第一連隊の略称である。

帝《みかど》と皇居をお守りするエリート中のエリートを集めた禁闕守護《きんけつしゅご》の軍隊の中に、叛乱《はんらん》を企てている者がいるというのは衝撃的な事実だった。

晄久は分厚い書類をひととおり捲《めく》り、難しい顔になった。

幸い晄久の隊に関わっている者はいなかったが、隣の中隊の見知った名前が散見された。

静がどれほど苦労してこの書類を手に入れたか、想像に難くない。内々でことを収めてほしいという参謀本部の意向もあるだろう。彼に迷惑をかけない範囲で事態を収めなくてはいけなかった。

「晄久、おまえに何とかできるか？」

「できないとまずいだろう。叛乱なんて起こさせてみろ。ますます陸軍が押さえつけられて、兵士の不満が溜《た》まる」

無論、それだけではない。

叛乱を企てたものは例外なく死刑だ。晄久は、可愛がっている部下を戦争とは違うところで死なせることになる。

それだけは許せなかった。

「——そうだな」

静は神妙な顔をして頷く。

「男二人で顔をつきあわせてする話がこんなものとは、因果だな」

晄久は短い髪をくしゃりと掻き混ぜ、自嘲《じちょう》めいた笑みを浮かべる。

「じゃあ、違う話もするか？」

「たとえば？」

「阿澄とはどうなってるんだ？」

「…………」

それこそますます因果な話題だ。

晄久は思わず黙り込み、それから静が完全に聞き役に回っていることに気づいて、渋々口を開いた。

「困ってるよ」

「困ってる？」

「かなり手強《てごわ》い」

短い言葉から、晄久の苦労を読み取ったようだ。

「阿澄だって、もう昔の彼とは違うんだ。君みたいに過去を知っている相手がいたら、ばつが悪いんじゃないか？　公爵家の一人息子が平民出身なんて、宮内省をどう動かしたのかと か、そんな点が話題になる」

まるで答えを用意していたかのように一気に言われて、晄久の気分は更に沈んだ。

「わかってる。過去を詮索はしていない」

「だったら、今の関係を維持すればいい」

「そのつもりだったのに、あいつはいきなり、兵舎に住むと言い出したんだ」

「いいじゃないか。調査研究が目的なら、理に適《かな》ってる」

そう言われると自分がひどく狭量に思えてくるが、晄久は口答えせずにいられなかった。

「――俺は嫌なんだ」

「どうして」

「だって……心配だろう。あいつは昔よりずっと美人になったし、妙な噂もある」

「身持ちが悪いって噂か。いくら何でも、阿澄も手当たり次第ってことはないだろう。そんなに理性がないとも思えない」

「でも、周りが」

「周りの連中だってそこまで馬鹿じゃないはずだ。曲がりなりにも近衛師団だ」

まさか静に諭されるとは思わず、晄久は沈黙せざるを得なかった。

そんな晄久を見やり、静はため息をついた。

「おまえ、いろいろ矛盾しているぞ。いい加減、潮時じゃないのか?」

「潮時?」

「ずっと探していた阿澄は見つかって、君の求めるような相手じゃなくなっている。おまえのそれは執着で……ただの妄執《もうしゅう》だ。相手の今の姿を認められないのなら、そんなの、きっともう恋じゃない」

あんなに純粋な感情ではないと言われているようで。

そう言われてみると、晄久にもわからない。

もう十数年も阿澄の幻影に囚《とら》われていたのだ。

「わからないよ、そんなもの」

それが恋だと認識したのは、阿澄と離れたかなりあとのことだ。

甘いミルクの匂《にお》い。腕を伝う西瓜《すいか》の雫《しずく》。

それら全部に欲情していたから、自分は最初から純真な気持ちで阿澄を見つめていたわけではないのだ。

始まりさえ認識できない思いなら、終わりを決めることも難しい。

阿澄はそこまで根深く、晄久の中に息づいていた。


「大尉、備品の件なんですが」

木下《きのした》に話しかけられて、中隊長室で執務中だった晄久は「ん？」と生返事をする。

「足りないものがあります。まずは寝具と……」

次々に木下が数え上げたので、晄久はため息をついた。

「そのあたりは本人に持ってきてもらうほかない。まずは掃除だが、どうなってる？」

「これから掃除をさせます。係を三人選びました」

「助かるよ」

木下が部屋を出ていったので、晄久は欠伸《あくび》をする。

阿澄の部屋を整える役目を木下に振ったのは、正解だった。彼は細かい性格なので、まず必要なものをすべて書き出し、手配の可否を確認してから掃除を始めることにしたらしい。

何しろ員数主義の陸軍では予定外の寝具や備品はそう簡単に手に入らない。そのあたりが明確にならなければ、掃除を始めても無駄だと思ったに違いない。

普段の職務に加えて、面倒が二つに増えた。

静の話していた叛乱分子の件。こちらは早急な対処が必要になりそうだ。

そして、阿澄が兵営に入る件だ。いっそのこと、晄久も予備室を使えるように準備してこちらへ移ろうか。

だが、それではあからさますぎて、阿澄の気を悪くしかねない。それに、中隊長が自ら兵営に住むとなれば、部下たちも気兼ねするかもしれない。兵士たちだって萎縮《いしゅく》し、休んだ心地がしないだろう。

木製の机いっぱいに広げられた書類をじっと睨《にら》みつけながらも、晄久はまったく別のことを考えていた。

と、不意に廊下が騒がしくなってきた。

——なんだ？

「大尉！」

ばたばたと中隊長室に走り込んできた木下は、声もかけずにいきなりドアを開けた。

「どうした？」

「坂巻《さかまき》が倒れてるんです。ひどく苦しんでて……」

その言葉に、晄久は弾かれたように立ち上がる。

「どこで？」

「予備室です。掃除をしようとして、見つけました」

「容態は？」

「かなりまずそうです」

木下はすっかり蒼褪《あおざ》め、動転しきっていた。

「腹痛か何かか？」

「いえ、わかりません。でも、痙攣《けいれん》してて、相当酷《ひど》いです」

坂巻といえば、今朝も顔を合わせて声をかけたばかりだ。顔色が悪かったので話を聞いたが、朝食はいつもどおりに摂取したと言っていた。

教練の時間のはずだが、どこから集まったのか、予備室の前は人だかりができている。

「どけ！」

部下たちを押し退《の》けて室内に入った晄久の目に映ったのは、埃だらけの床でのたうち回る坂巻の姿だった。

その傍らに落ちているのは、割れた湯呑みだった。

予備室に収納されていた、備品の一つだろうか？

それとも、誰かがここに持ち込んだのか。

いや、そんなこと、今はどうでもいい。

「坂巻！」

脂汗を滲《にじ》ませ、泡を吹いた彼は虚《うつ》ろな目で晄久を見つめる。朦朧《もうろう》としているらしく、晄久の必死の呼びかけにも答えなかった。

この様子、普通の苦しみ方ではない。毒でも飲んだのだろうか。

戦慄《わなな》くように、彼の唇が動く。

「ん？」

慌てて晄久が耳を近づけると、ため息にも似た無声音が耳に届いた。

――「た」「か」「と」「よ」

四つの音。

坂巻は更に続けようとするが、もう声にならない。

たかとよ？

人名だとは思うが、咄嗟《とっさ》に心当たりがなかった。

おまけに彼の口から不思議な匂《にお》いがし、晄久は反射的に口許を掌《てのひら》で覆う。

いったい何があった？

ついで飛び込んできたのは、白衣を着込んだ吉武《よしたけ》だった。

彼は坂巻を一瞥《いちべつ》して蒼白《そうはく》になり、担架を運んできた兵士二人に「すぐに運びます」と指示を下した。

「はいっ」

診療室はちょうど患者は誰もおらず、吉武は寝台に横たえた坂巻に処置を施している。

あえて他の部下を全員遠ざけ、晄久は推移を見守っていた。

坂巻が息を引き取ったのは、それから間もなくのことだった。

目をかけていた将校の死は、晄久にとっては大きな衝撃だった。

軍隊にいれば死は隣り合わせだが、ここ暫くは戦争がなかったのだ。そのうえ、近衛師団はよその師団と違って滅多に戦うことはない。

しかも、ただ坂巻の死を悼《いた》んでいればいいわけではない。

晄久は中隊長として、そして亡くなった坂巻の上官として、彼の死をどう処するかを決めなくてはいけなかった。

そもそも坂巻の死因は？　病死、事故死、自殺、他殺——そのどれなのか。

生真面目で向学心の強い坂巻の死は、晄久にとっても信じ難かった。

大隊長の長野《ながの》にも説明しなくてはいけないが、晄久は迷わずに阿澄を呼びにやった。

すぐに、不機嫌な顔つきの阿澄がやって来た。

「火急の用件と聞いたが」

挨拶も何もない、高圧的な言葉だった。

「下士官が亡くなった。軍医として、見てほしい」

「…………」

阿澄は死体に覆い被《かぶ》さるようにして、まずは脈を取る。それを最初の儀式として、彼は検死を始めた。

今までに見たことがないほどに、厳しい顔つきだった。

ひととおり死体を検分した彼は、唐突に晄久に近寄ってきた。

「相馬君」

涼やかな声で呼びかけられ、一瞬、それに聞き惚《ほ》れる。

自分を見つめる阿澄の漆黒の瞳に吸い込まれてしまいそうだ。

なんて、綺麗な目なのだろう。

「聞いてないのか」

「あ、何ですか？」

苛立ったような阿澄にぴしりと注意されて、晄久は我に返った。

「さっき、坂巻に顔を近づけたか？」

「ええ」

「異常はないか？　具合が悪いところは？」

驚くほど真剣な顔つきに、晄久は「いいえ」と首を振った。

「変な匂いはしましたが、私自身は何も問題ありません」

「……そうか」

ほっとした様子の彼は再度身を翻し、吉武とまた何かを話し合う。ややあって結論がまとまったらしく、阿澄は晄久に向き直った。

「死因は薬物中毒の可能性が高い。病死の可能性は殆《ほとん》どないだろう」

「薬物中毒？」

やはり、そうか。ならば麻薬か何かだろうか、と晄久は身構える。仮に麻薬のたぐいであれば、風紀紊乱《びんらん》として糾弾されるのは目に見えていた。

「平たくいえば毒物が原因だ。あとは解剖しなくてはわからないが、してもいいのか？」

「……いや。それはご家族の了承を得なくては」

「わかった」

死亡した坂巻は、地方の小作人の息子だ。

まだ兵舎で暮らし、いつも本を読んでいるような物静かな青年だった。真面目すぎるためにライバルの三好《みよし》と軋轢《あつれき》があったが、時機を見計らってまた陸大の受験を勧めるつもりだった。目をかけていただけに、晄久は残念でならなかった。

「原因が薬物ならば、問題は事故か、あるいは殺人かどうかだ」

「え？」

「自殺ならば遺書があってもおかしくはない。どうなんだ？」

立ち尽くす晄久に、阿澄が厳しいまなざしを向けた。

「探してみます。ですが、ひとまずこれは、病死ということにしていただきたいのです。頼めませんか」

「――そのほうがいいだろう」

毒殺など、少なくとも近衛師団においては前例がない。慎重に扱わねばならなかった。

今、この診療室にいるのは晄久と吉武、そして阿澄の三人。

兵士が一人、戦争でないところで死んだという事態が、晄久の双肩に重くのしかかってきた。


阿澄が中隊長室を訪れたのは、その日の夕刻だった。

報告書を書き終え、晄久は既に連隊長にも一報を入れた。

目をかけていた部下の死という事実が、一人になると晄久の心にひしとのしかかってきた。

おまけにこの雨だ。

「不景気な顔だな」

揶揄《やゆ》するような言葉に、晄久はつい不快感を露《あらわ》にしてしまう。

「戦地でもないのに、部下が死んだんだ。楽しい顔をしていられるものか」

まともに言い返してしまってから、晄久ははっとする。

相手は阿澄とはいえ、上官だ。

おまけに坂巻の死を隠してくれと頼んだ相手なのに、この態度は無礼千万だった。

「失礼いたしました。検死の結果を教えてもらえませんか？」

「青酸カリによる中毒死だ。ほかに外傷はない」

阿澄の返答は至極あっさりしていた。

「青酸カリ……それだけですか」

「ああ。兵営の保管庫の鍵が開いていて、そこから持ち出されたらしい。他殺か自殺かはわからない。だが、青酸カリは独特のかなりきつい匂いがある。事故にしても、うっかり飲むようなものじゃない。他殺でも、騙《だま》して飲ませるのは難しいとは言われている」

口調こそ淀《よど》みがないが、阿澄にも自信はないようだった。

「あの匂いは？」

「あれは青酸カリが胃酸と反応したときの、有毒ガスの匂いだ。今後、毒物で死んだと思われる相手には迂闊《うかつ》に顔を近づけないほうがいいだろう」

だから、阿澄はあのとき晄久に詰め寄ったのか。

阿澄が自分を心配してくれたのだとわかり、このような事態が起きたというのに、晄久はほっとしていた。

「本当に他殺は難しいんですか？」

「……たとえば、珈琲《コーヒー》に混ぜると多少は誤魔化されるらしい」

「そういえば、湯呑みが落ちていたな」

晄久の独り言に、阿澄は顔を上げる。

「そちらは片づけたか？」

「現状を維持せよと言ったので、そのままのはずです」

「では、明日調べよう。吉武ももう帰ってしまったし、今日はもう無理だ」

「はい」

自殺であればそれはそれで一つの懸念がなくなるが、他殺であれば問題は大きくなる。

ここで阿澄を抱き込んでおかなくては、伊世《いせ》公爵によけいなことを言われかねない。

政治家が軍に介入すると、ますます叛乱分子の不満は大きくなる。彼らは、奸臣《かんしん》が政治を妨げると信じている。国を守るべき軍隊を政治家が私欲で操っているなどと思い込めば、天誅《てんちゅう》などと愚かなことを言い出しそうだ。

「――それよりも、頼みがあります」

「何だ」

「今回のことは、口外しないでいただきたいのです」

「さっきも口止めしたのに、ずっと隠し続けるつもりか？」

「いいえ。でも、他殺であれば犯人はこの師団にいる。下手をすれば、陸軍を揺るがす大事件になりかねない」

「大袈裟《おおげさ》だな」

阿澄が細い眉《まゆ》を顰《ひそ》めたが、すぐに口を開いた。

「事情がはっきりしたときには、揉み消さないと約束できるか？」

他殺だった場合に事件が明るみになれば、そうでなくとも微妙な陸軍の地位が失墜しかねない。

ますます軍の立場はまずくなることくらい、晄久も重々承知だった。

「はい」

「──いいだろう。ならば一つ、条件がある」

「何でも言ってください」

「結構。もともと僕は、軍人じゃない。軍がどうなろうと知ったことではない。軍医はただの仕事だ。つまり、君ほど職務に忠実ではない。条件を守るのであれば、僕も協力する」

軍属としての自覚のなさに晄久はむっとした。とはいえ彼は自分を挑発しているのかもしれないと思い直し、怒りを堪《こら》えた。

怒らせたいのであれば、それに乗ってはいけない。

「前置きは不要です。それで、条件とは？」

「君だ」

顔色一つ変えずに阿澄は言う。

「俺？」

いったいどういうことだ、と晄久は心中で身構えた。

「君と寝たい」

直接的すぎる言葉に一瞬晄久は文意を理解しかね、ついで呆然《ぼうぜん》とした。

「……何を考えてるんだ」

突然のことに、思考停止しかけた晄久は阿澄を詰《なじ》ってしまう。

「いたって合理的な思考の結果だ。日本に帰ったばかりで、僕にとって都合のいい相手が見つからない」

開いた口が塞《ふさ》がらないとは、このことだ。

「僕は自分の躰《からだ》を慰めてくれる相手が欲しい。君ならば、体力的にも問題なさそうだ」

「知り合いくらいいるでしょう」

「軍人は君だけだ。それに、たまには違う相手というのも気分が変わる」

そんなことを言わないでほしかった。

残酷だ。

晄久が阿澄の中から過去の彼の欠片《かけら》を拾い出そうとしているのに、いつも彼は自分の手でそれを粉々にしようとする。

「本気なのか」

敬語が落剝《らくはく》し、晄久は掠《かす》れた声で問う。

「冗談でこんなことを言う人間に見えるか？」

「目をかけていた部下を亡くしたばかりの男に、残酷な仕打ちですね」

「慰めてやる。それでいいか？」

理解できなかった。

ほかでもない自分に、阿澄がこんな要求をしてくるのが信じられない。

しかも、今日という日に。

「それとも、取引とはいえ男は抱けないか？」

「男は初めてですね」

ほかに何を言えばいいのかわからずに晄久が困惑したように答えると、阿澄はどこか落胆した顔になる。

きっと、阿澄の欲望を満たすにはそれなりに手練《てだ》れでなくては難しいのだろう。

そう思うと、妙な開き直りが生まれてくる。

阿澄が己に幻滅しろと言っているのなら、彼の真意を摑みたかった。

小雨の降る中、晄久は阿澄を根津《ねづ》まで連れ出した。

適当な連れ込み宿にでも入るのだろうと思っていたので、晄久が「ここです」とありふれた一軒家の鍵を開けたときは、阿澄は呆気《あっけ》にとられた。

「ここは……？」

戸を開けるとどこか黴《かび》臭く、静謐《せいひつ》が漂う。

玄関は真っ暗で、靴の一足もない。生活感は皆無で、どういう経緯でこんなところに招いたのかと意外に思った。

「うちの別宅です」

「逢《あ》い引《び》き用か」

阿澄が皮肉めいた言葉を挟む。

「そんな、眞野さんみたいなことを……」

晄久が眞野のことを口にしたので、どきりとする。

ただ身持ちが悪いというだけでなく、眞野のことも知っているのか。

ならば、それはそれでいい。

隠すことがないほうが、大胆になれるというものだ。

「先月まで人に貸していたんですが、ちょうど空き家になったんです。俺が住むつもりで寝具を運んだんですが、家事をするのが面倒で」

緊張しているのか、晄久は饒舌《じょうぜつ》だった。

「小間使いでも雇えばいい」

「軍人の薄給では無理ですよ」

晄久はさらりと流した。

三間ほどの、生活感のない家だ。

結婚して妻と二人で暮らすにはちょうどいいだろう。そう思うと、昨日の令嬢の姿が脳裏に甦ってきた。

初恋の相手を奸計《かんけい》によって手に入れようとしているからか、歓喜ではなく自虐的に走ってしまう。

晄久は畳の上に手早く布団を延べ、ぞんざいに枕を置いた。

「これでいい。始めましょう」

「教練じゃあるまいし、色気がないな」

からかうように言ってしまうと、晄久は肩を竦めた。

「取引ですよ。色気なんていらないでしょう」

晄久は上着を脱ぐと、丸めて畳に置いた。

「本当に男と寝た経験はないのか？」

確認のために問うと、晄久は首を横に振る。

「知識だけならありますが」

「そうか。ならば任せてもらおう」

どれだけ澄ましていても、仮面を身につけたとしても、阿澄の容姿に惹かれる者はごまんといる。か弱い人間の身の処し方としては、突っぱねるか受け容れるか、その二者択一しかなかった。

阿澄は受け容れた。

それが誰の望みであろうと、恋した相手でないなら一緒だった。

義父のため、眞野のため、そう言いながらも結局は自分のためだ。

折角得た家庭から追い出されないように。

学校であろうと社交界であろうと、阿澄は居場所が必要だったのだ。

「そう緊張するな」

「しますよ」

殺された坂巻には悪いが、これが最初で最後の機会だった。

今でなくては、晄久につけ込めない。

晄久のことはもう諦めよう、そう心に決めたときに起きた事件だ。何とかして彼を突き放し、関係を断ち切りたかったので、ちょうどよかった。

自分も彼も、これでお互いに諦められるに違いない。

晄久のような高潔な人物が一番嫌う淫売《いんばい》のように振る舞ってやれば、彼も目が覚めるだろう。

そして阿澄も決定的に振られれば、晄久への初恋を捨て去れるはずだ。

だから蔑《さげす》んで、罵《ののし》って、嘲《あざけ》ってくれればいい。

こんな男と関わった自分が馬鹿だったと、そう思ってくれればいい。

「男は初めてなのに、その気になれるのか？」

「ならざるを得ないでしょう」

苦笑を混ぜた晄久の声に、胸が締めつけられる気がした。

「それなら、ここに座れ」

軍服の上着を脱いで白いシャツになった阿澄はそう命じると、晄久の膝《ひざ》と膝のあいだに腰を下ろす。そして、男のそれに布の上からゆっくりと触れた。

これから先、自分に触れられて、少しは昂奮《こうふん》してくれるだろうか。

自分にまるで興味がなさそうな晄久の様子に、阿澄は不安を覚えた。

「あなたがしてくれるんですか？」

からかうような困惑しているような、そんな声音《こわね》だった。

「……最初だけだ」

阿澄は晄久のシャツを脱がせる。下を緩めて、布地の狭間《はざま》から性器を取り出した。大きい。

まだやわらかなものを両手で撫でさすり、阿澄は丁寧な愛撫《あいぶ》を始めた。

胡座《あぐら》を掻いて阿澄を見下ろす晄久の視線を感じ、頰が火照《ほて》ってくる。

「さすが、手慣れてますね。医学部ではこういうのも必須ですか？」

「人による」

晄久の下腹部に顔を近づけ、阿澄はそれに舌を這わせる。

「…………」

晄久に触れているのだ。

長いあいだ、焦がれていた相手に。

──あ。

どきん、と心臓が震えた。

大好きな人に触れる悦《よろこ》びが直截《ちょくせつ》な刺激になって、阿澄自身の下腹部を直撃した。

自分にそんな純情が残っていたのかと、阿澄は内心で自嘲する。

「ふ……」

最初は舌先に唾液《だえき》を載せて何度か幹を往復しているだけだったが、それではいけないのはわかっていた。

けれども、晄久はこうした技巧にはあまり縁がなかったのか、まだ躰から緊張が抜け切らない。

もう少し愉《たの》しんでほしいと、阿澄はより大胆に振る舞うことにした。

「……んむ……ッ……」

大きく口を開けて頭を下げると、晄久の幹に唇が当たり、擦《こす》れていく。

含んだ性器がその瞬間に膨らみ、阿澄の口を圧迫した。

「んー……っ」

苦しくて、つい、声が漏れる。

晄久のものは想像よりもずっと大きかった。当然だ。阿澄の頭の中では晄久はいつも十やそこらの少年で、肉体もその想像に比例していたからだ。

全部を呑み込むのは、どうあっても無理だった。これでは喉《のど》に当たってしまう。

「ん、ふ……んん……」

咥《くわ》えたままで舌のみを左右に大きく動かして、即物的な快感を与えようとする。

晄久がふうっと息を吐き出したが、大きな変化は見られない。

――もしや、あまり気持ちよくないだろうか？

阿澄は俄《にわか》に不安になる。

これまで自分が寝た相手は、阿澄がこうして奉仕をするだけで悦《よろこ》んだ。しかし、生真面目な晄久は戸惑いが先に立つのかもしれない。

阿澄は一度顔を上げてそこから口を離すと、顔を横に傾けて幹を唇と唇で挟む。ちらりと上目遣いに晄久を眺めたまま、今度は滑らせるようにして顔を動かした。

「ッ」

ぴくっとそれが脈打ち、咥えていた晄久が大きくなる。

よかった。これは悪くないようだ。

「ふ…う……」

ほっとした阿澄は今度は舌を大きく突き出すと、根元から尖端《せんたん》にかけて、唾液をたっぷり載せて舐め上げた。

それから、尖端の孔《あな》も忘れずに虐《いじ》めなくてはならないと唇をそこに被せる。先走りが滲んできたらしく、先ほどとはまた違った味がした。

嬉しい……。

最初は気乗りしない様子だったが、阿澄の穢《けが》れた肉体を使って、彼なりに少しでも快楽を感じつつあるのだ。

喜びから思わず鼻を鳴らすと、晄久が舌打ちをするのがわかった。

「ン？」

「娼婦《しょうふ》もかくや、ですね」

「こんなことする娼婦……いるのか？」

尖端にくちづけたまま不明瞭に阿澄が問うと、唇が動いて擦《こす》れるらしく、晄久の喉がわずかに鳴った。

「いません、ね。こんな……」

下品な手練手管《てれんてくだ》だというのは、わかっていた。こうしなければ生き残れないような泥沼の中に、阿澄は自ら望んで足を踏み入れたのだ。

「ん、む……んんっ」

熱心に頭と舌を小刻みに動かしていると、次第に晄久の呼吸が荒いものに変わる。

どうしよう。

晄久が感じているとわかると、自分の躰もよけい熱くなってくる。

気持ちいい。

熱いものが全身のあちこちからじんじんと込み上げて、下腹部が灼けるように疼《うず》く。

口淫《こういん》が快楽に繋がると認識したのは、阿澄にとって生まれて初めてのことだった。

腰の奥からむずむずと立ち上る快感が、押さえきれないくらいに高まりつつある。気持ちよさに指が痺れ、頭がくらくらとしてきた。

できれば、晄久と達《い》きたい。

だけど、奉仕だけで昂《たかぶ》ったと知れば晄久は自分を軽蔑《けいべつ》するだろう。

我慢しなくては。

こんなに気持ちいいけど、堪えて……晄久の快感のためだけに尽くさなくては。

「口に、出すか？」

顔を上げて問うた阿澄に、晄久は困惑の色を浮かべて短く「だめだ」と断る。

「どうして」

「汚れます」

「……いいんだ」

晄久のものを呑めるなら、それほど嬉しいことはない。ほかの誰かなら御免だったが、相手は晄久なのだ。

阿澄は再び口を大きく開け、晄久のそれをしっかりと咥え込む。喉の奥にそれが当たり、かすかに眉根を寄せた。

「んっ」

途端に口中でそれが弾け、特有の味が口内に広がる。放出の動きが止まるまで堪えてから顔を離すと、白いものがねっとりと糸を引いた。引いた糸を指で搦《から》め捕《と》り、阿澄はそれを飲み干してから、指についた精液をしゃぶった。

「美味しい……」

ほかの男のものなら絶対に嫌だが、晄久の体液だと思うと特別に感じられる。

崎谷はるひ
[リナリアのナミダ
―マワレ―]
ill.ねこ田米蔵
●680円(本体価格648円)
和泉 桂
[荊の枷鎖]
ill.相葉キョウコ
●620円(本体価格590円)
黒崎あつし
[お婿さんにしてあげる]
ill.高星麻子
●600円(本体価格571円)
真崎ひかる
[花 雪] ill.陵クミコ
●600円(本体価格571円)
一穂ミチ
[窓の灯とおく] ill.穂波ゆきね
●600円(本体価格571円)
遠野春日
[ほろ苦くほの甘く] ill.麻々原絵里依
●560円(本体価格533円)
2011年
11月刊
毎月15日発売
幻冬舎 ルチル文庫
最新情報は [ルチル編集部ブログ] http://www.gentosha-comics.net/rutile/blog/
2011年12月15日発売予定 予価各560円 (本体予価各533円)
高岡ミズミ [僕のため君のため] ill.西崎 祥
松雪奈々 [いけ好かない男] ill.街子マドカ
森田しほ [罪の海に満ちる星] ill.竹美家らら
椎崎 夕 [不器用な告白] (仮) ill.高星麻子
きたざわ尋子 [君だけに僕は乱される] ill.鈴倉 温
《文庫化》
ひちわゆか [ワンス・アポン・ア・タイム] ill.如月弘鷹
《文庫化》
神奈木 智 [今宵の月のように] ill.しのだまさき

シェフ・和菜の天敵はギャルソンのセイ——
反発しあう二人だったが、ある日和菜はセイと一夜をともにすることとなり……!?
ワイコ
上田規代
6判●700円（本体価格667円）
雁 須磨子
教え子・牛島の、
くれんぼ
6判●650円（本体価格619円）
210円（税込）
Web スピカ
12月号
2011年11月28日(月)配信
エリュシオン
～青宵廻廊～
一瞬たりとも目が離せない展開！ 表紙で登場!!
トロイを舞台に繰り広げるスペクタクルロマン!
市東亮子
他、豪華ラインナップで連載中!
[花族ワルツ] 碧也ぴんく
[カラマーゾフの兄弟] 及川由美
(ドストエフスキー「カラマーゾフの兄弟」より)
[こいし恋いし] 群青
[ゴージャス・カラット—青のカランク—] 氷栗 優
[Under the Rose ～春の賛歌～] 船戸明里
[ハニースウィート・キッチン]
原作：七尾すず 作画：山本小鉄子
URL http://www.gentosha-comics.net/genzo/
GENZOモバイル版もdocomo・SoftBank・auで好評配信中! QRを読み取ってアクセス!!

うっとりとした顔で口許を拭っていると、晄久ががばりと身を起こした。

「呑んだのか？」

普段の取り澄ました敬語とは違う乱暴さで、晄久は狼狽《ろうばい》しきっている。

「そうだ」

「馬鹿、何で！」

何でといわれても、こういう流れだったから怒られる筋合いはない。

「呑みたかったんだ」

晄久は唇を一際強く噛み締めてから、下を向いたまま阿澄の顔を見ないで聞いてきた。

「呑むのが、好きなんですか？」

愚問だ。晄久のものだから呑んだに決まっている。

しかし、彼はそんな阿澄の心理など絶対に気づかないだろう。

彼の目に映る阿澄は、ただの淫乱で好き者でしかないのだ。

「……味は千差万別だ」

そう言った阿澄は晄久に「あちらを向いていろ」と告げる。

「どうして？」

「解《ほぐ》さないと入らない」

「え？」

そのあたりの知識もないというのは、意外だった。

「つまり、その……尻だ。さっきそのために軟膏《なんこう》を買った」

帰りぎわ、一度車を停めて店に立ち寄ったのだ。

「あ……」

「見たくないだろう、そんなところ」

端的な阿澄の物言いに晄久は目を瞠《みは》ったが、何も言わなかった。

阿澄は男に背を向け、ここに来る途中で買った軟膏の容器をポケットから取り出した。

ベルトを緩めて服を腿《もも》のあたりまで下ろし、軟膏を自分の秘蕾《ひらい》に塗りつけた。

ただ塗るだけでは何の助けにもならないので、たっぷり掬《すく》って体内に呑み込ませる。

「ッ」

痛い。

口淫の余韻で躰は昂っていたものの、やはり自分で慣らすのは容易ではなかった。

阿澄に経験があるといっても、毎日男をとっかえひっかえしていたわけではない。結果的に人数は増えたが、継続的なつき合いをしていたのは眞野くらいだったので、こうして指で慣らすことだって慣れていない。

それでも自分の体温で、少しずつ軟膏が溶けてぬめってくる。

「阿澄」

案じるように声をかけられたが、阿澄は気にしないふりをした。

「見るな」

ここで怯《ひる》んだら、何もかもが終わる。晄久はこんな隙を二度と見せないだろう。

「平気、だ……」

「そんな声出して、苦しいんじゃないですか」

気遣う声が優しすぎて、別の意味で苦しくなる。

「馬鹿。男同士は、こういうものだ……」

「阿澄」

労《いたわ》るような口調に、阿澄の胸はまるで締めつけられているみたいだ。

「気にするな、と言っている」

痛苦とこんなところを見られる恥ずかしさに、いたたまれない。

「――なら、服くらい脱いだほうがいいでしょう。汚れますよ」

「脱いだら、見える」

「え？」

「躰が見えて……興醒《きょうざ》めだろう」

骨張っていて胸も何もないところを見れば、否が応でも男を抱いていると意識するはずだ。

そんなことで萎《な》えさせてしまっては、身も蓋《ふた》もない。

折角晄久を手に入れられるのに。

今夜、ほんのわずかな時間であっても。

「軍服を着てる時点で、嫌でも男だって意識しますよ」

晄久が苦笑したので、思わずそちらに顔を向ける。すると、彼がはっとしたような表情をしたので、阿澄は慌てて俯いた。

「……男は、気持ち悪いか」

「そうじゃない。そうじゃなくて、そんな顔をされたら、こちらが……」

晄久が掠れ声で言うと、いきなり阿澄を背中から抱き竦める。

「！」

驚きに、解していたはずの手を離してしまう。

シャツ越しに彼の熱を感じて、阿澄の頬は熱くなった。

「我慢できなくなるから、そんな顔、するな」

敬語をかなぐり捨てた、熱っぽい声だった。

胸が震える。

昔のままの晄久の情熱を、一瞬、感じ取ったようで。

「我慢って？」

「だから、こう……」

「あっ」

そのまま、まるで奪うように乱暴に布団に組み敷かれて、阿澄は自分にのしかかる晄久を見上げた。

頬を紅潮させた晄久の顔は凜々《りり》しく、そして雄々しかった。

阿澄が憧れたとおりに——いや、それ以上に精悍に成長していて。

欲しい。

躰がますます熱く潤んでくる。

晄久が好きだ。すごく好きで……たとえ晄久の好意なんてなくても、彼と一つになれると思うと、嬉しくてたまらない。

「ここ……挿《い》れていいのか？」

晄久の大きな掌が、阿澄の蕾《つぼみ》のあたりを撫でた。

「ああ」

準備はしたが、もっと解したほうがいい。だけど、これ以上待たせたら、晄久の昂奮は消え失《う》せてしまうだろう。

まだ怖いけれど、阿澄はそれをおくびにも出さなかった。

「前から？　それとも後ろから、ですか？」

「前だ」

後ろからでないと不自然で苦しいのはわかっていたが、これで最初で最後だから、晄久の顔を見たい。

抱かれる悦びをできる限り直截に味わいたかった。

「脚、開いていいか……？」

阿澄がおずおずと問う。身につけているシャツの丈では、到底隠せない。局部が見えてしまい、晄久が萎えてしまうのではないかと思えば怖かった。

「でないと、挿れられないだろ。広げろよ、阿澄」

無遠慮に命じた晄久は阿澄の脚に絡まっていたズボンを抜き取ってしまう。そして、蕾に砲身をぐっと押しつけた。

熱い昂りをそこに感じ、自然と躰に緊張が走る。

昂奮している晄久は、阿澄の変化に気づいていないようだ。

「あー……ッ」

入ってくる。

躰を折るようにして二つに曲げられ、無理のある格好に心臓がばくばく脈打ってくる。怖い。痛い。でも……気持ちよかった。

「く、う…」

達しないのが不思議なくらいの激烈な快楽が、全身を一気に貫く。

「大丈夫か？」

気遣いを見せつつも無我夢中なのか、彼自身は下は軍服のままだ。

そんなに激しく貪《むさぼ》ってもらえると思ってもみなかったので、悦びに胸が震えた。

嬉しかった。

「ふ…、もっと……へいき、だから……」

阿澄の言葉を信じているのか、晄久の太く逞《たくま》しい肉塊がぐうっと奥深くまで沈み込んでくる。

「ああっ……」

凄《すさ》まじい圧迫感に、今度は堪《こら》えきれなかった。

晄久の息吹を感じるまでもなく、阿澄は達していた。

こんなことは、初めてだった。

「平気、なのか？」

「ん、うん……すき…だから…っ」

「これが？」

阿澄の躰を二つに折り、晄久が腰を突き上げる。膚と布団が擦れて、溶けてしまいそうなほどに熱い。肉という肉が、晄久のかたちに抉《えぐ》れてしまいそうだ。それくらいに、激しい抽《ちゅう》挿《そう》だった。

なぜだか晄久の声に冷たいものが滲んだ気がしたが、阿澄は揺さぶられるのに合わせてがくがくと首を縦に振った。

「すき……」

好き。

晄久が、好きだ。

ずっとずっと、好きだった。

だから、友達には戻れない。昔みたいになんて、絶対になれない。

幼馴染みの躰でさえも性欲を解消するために利用する最低な男だと思って、自分を見限ってほしい。

もう、今の阿澄は昔の阿澄とは違うのだ。

「は、あっ……ああっ」

組み敷かれた阿澄の顔に、晄久の顎から滴った汗の雫が落ちる。舌を嚙みそうなほどに強く腰を打ちつけられ、襞を擦られて頭が真っ白になった。

晄久が何度か続けて身動《みじろ》ぎするだけで、感じてしまう。彼の軍服が自分の膚《はだ》に触れると、もう、全身に火が点《つ》いたみたいに熱くなった。

「敏感だな、おまえ」

「きもち、いい……」

好きな人と一つになるという、初めての経験に躰が敏感になっている。

おかしくなってしまいそうだ。

「君、は……？」

「入り口は、きつい……だけど中がすごい」

阿澄の決死の問いに、晄久は素直に答えた。

「そう、か……」

かつて教わったとおりに意識して下腹に力を込めると、晄久が呻《うめ》いた。

「吸いついてくる…」

感極まったように呟《つぶや》き、晄久がゆっくりと腰を引く。

「んんっ」

予期せぬ動きに、阿澄の唇からも甘い声が漏れた。

「可愛いな。こんな声も出すのか」

「…ん、っ……それは……」

晄久が入ってきている。

「深い……あ、入る……」

そう思うと、嬉しさに脳が痺れる。

快楽が倍加し、力が入らない。

「すごいな」

「んん……ぅう……ッ……」

いい。いい。よくてよくてたまらなかった。

だけど、それを全部口にしたら嫌われてしまいそうだから、全部呑み込んでおく。

「阿澄」

晄久が阿澄の躰を抱き締め、そう囁《ささや》く。

「阿澄……阿澄……」

そんなふうに切実に呼ばれると勘違いしそうだが、これは晄久が阿澄の技巧に溺《おぼ》れているだけだ。

娼婦のような技巧に翻弄されて、悦んでいるだけだった。


――眠れるわけがなかった。


「…………」

ことを終えて起き上がった晄久は、今更のように頭を抱えた。

狭い布団に潜り込み、阿澄は昏々《こんこん》と眠っている。

帰る前に少し休むだけだと言っていたが、この細い躰では晄久を受け止めるのはかなり大変な負担だったのだろう。

手を伸ばして、阿澄の髪に触れる。

黒髪は絹のような手触りで、まだ汗に濡《ぬ》れて湿っていた。

生と死の狭間で、まさしく生そのものの行為に没頭した。

おかげでほんの一時、坂巻のことを忘れられた。

これもまた、阿澄なりの慰撫のかたちなのだろうか。

眩暈《めまい》がするほどに、心地よい躰だった。

娼婦だって決してしないであろう口淫の技巧は勿論《もちろん》のこと、その肉体は素晴らしかった。

晄久だって百戦錬磨というわけではないが、この外見も手伝ってそれなりに女性経験はある。だが、阿澄との媾合《こうごう》はこれまでの経験とは比にならなかった。

骨張っていてやわらかなところなどまったくないのに、晄久を受け止めた蜜壺《みつつぼ》はきつく収縮し、悦んで迎え入れているかのようだった。

突き入れると従順に受け容れ、抜こうとすると名残惜しげに楔《くさび》に纏《まと》わりついて引き留めた。

自分の下で喘ぐ阿澄の艶《なま》めかしさにも、困惑させられた。

美しいが色気はないと思っていたのに、頬を上気させて喘ぐところなどひどく色っぽく、気づくと晄久は夢中になっていた。

いつしか昂奮に支配され、晄久は抜かないで阿澄の中に二回も放ってしまった。

本当は物足りなかったが、疲れ切っている阿澄を見てやっと理性を取り戻したのだ。

「ン……」

ぱたぱたと阿澄が右手で何かを探っているので、晄久が右手を布団に置く。

すると、寝惚《ねぼ》けているのか、阿澄が晄久の手に頬を擦《す》り寄せてきた。

可愛い。

年下の上司のあどけなさに、思わず頬が緩みそうになる。

「ん」

阿澄の瞼《まぶた》が震え、彼の目が晄久を捕らえる。

刹那、阿澄は慌てたように上体を逸《そ》らし、晄久の手から顔を離した。

「阿澄、平気か？」

つい親しげな口調になると、阿澄のかたちのよい唇が震えるように動いた。

「間違えた」

「え？」

どういう意味だと問い詰めるまでもなく、阿澄が口を開く。

「……楽しかった」

その言葉は、遊びだと言っているようで胸が軋《きし》んだ。

「君は満足したか？」

ぶっきらぼうな口調にどう答えるか迷っていると、阿澄が重ねて問うてきた。

「僕の躰はよくなかったか？」

「よかった、です」

「そうか」

呟いた彼が小さく頭《かぶり》を振ると、ぐらりとその上体が傾《かし》ぐ。急いで手を添えてやったため、阿澄は晄久の胸に倒れ込んできた。

「すまない。久しぶり、だから」

「……いいですよ、無理に起きなくて。時間貸しってわけでもないですし」

阿澄の髪からは、微《かす》かに汗の匂いがする。

あの日、荊《いばら》の檻《おり》に閉じ込められてしまったときは、もっと甘い匂いがしていたのに。

強引に晄久から身を離した阿澄は布団に再度横たわり、ふっと唇を歪める。

「ともあれ、お互い益のある取引だったというわけだ」

取引という言葉に、晄久の心臓は凍えた。

「君もこれで、諦めがついただろう？」

枕に顔をつけ、阿澄は明後日《あさって》の方向を見たまま告げる。

「え」

「もう、僕と仕事だけの関わりにしておいてくれ。僕は望んでこの師団に来たわけじゃない。

君に会うつもりなんてなかったんだ」

「…………」

何も言えなかった。

晄久を拒もうとする阿澄の気持ちは、知っていた。

だが、それをこうして滔々《とうとう》と説明されると心が痛む。

「過去なんて、二度と思い出したくない。君と関わるのは、もう……嫌だ」

「俺とのことは、何もかもが捨てたい記憶ですか」

「当然だ。この先二度と僕の過去を詮索しないでほしい。君と過ごしたときのことも、すべてだ」

衝撃だった。

どうあってもなくした月日は埋まらない。元に戻らない。

それくらい、誰に言われるまでもなくよくわかっていた。

そのうえで、阿澄と新しい関係を築きたかった。

けれども、阿澄はそんなことを一片たりとも望んでいなかったのだ。

「すみませんでした。つい、懐かしくて」

「存分に旧交をあたためただろう？」

「……はい」

阿澄には、時機を見てきちんと謝罪するつもりだった。

しかし、これでは蒸し返さないほうがいいのだろうか。

守れなかったことを。

約束を破ってしまったことを。

阿澄にとって過去は二度と思い出したくないことであれば、約束を盾に昔のことを蒸し返すのは非情な行為だった。

実際、阿澄はあの夜のことを二度と持ち出さないでほしいと言ったのだ。

過去のことも、詮索するなと釘《くぎ》を刺された。

それは、阿澄にとってはあの夜が何よりも忌《い》まわしいことだからではないのか。

「もう二度と君を誘わないから、安心しろ」

「はい」

これでおしまいだ。

こんな幕切れでないほうが嬉しかったが、仕方がない。

終わりにしろと阿澄に宣告されたことに、晄久はまだ実感が持てなかった。

7

日々はいつもと変わりなく流れ、金曜日になった。

坂巻《さかまき》の遺体は荼毘《だび》に付され、田舎で丁重に葬られたとか。

かなり苦しい言い訳が必要だったものの、表向きは事故とされた。しかし、実際には自殺とほぼ断定されており、死因は警察に介入させたくないという上の意向から、引き続き晄久《あきひさ》本人が調べている。遺書らしいものはなかったというが、湯呑みは坂巻の私物だった。

これ以上は阿澄《あずみ》が積極的に関わる理由もなく、普段と同じ日々が訪れた。

違いといえば、晄久が阿澄のところに来なくなった点だ。

阿澄もこれ以上の調査は吉武《よしたけ》に相談すべきだろうと、こうして診療室に顔を出していた。

「どうぞ」

吉武が出してくれた茶を飲み、阿澄は彼をきつく睨みつける。

「もとはといえば、君が青酸カリを保管しておくのが悪い」

「うーん、まあ、そうなるね」

「どうしてあんなものを持ってたんだ」

咎《とが》めるような口調に、吉武はこともなげに言った。

「青写真の現像に使うんだ。記録用の写真を撮るときに、銀板は高価だからな。文句があるなら、司令部にもっと経費が欲しいと言ってくれよ」

「………」

阿澄はため息をついた。

そういえば、吉武は以前から写真を趣味としている。京都にいるときも熱中し、阿澄もさまざまな写真をもらったことを思い出した。

だが、それが研究や治療のためであれば、吉武をあまり責めるわけにはいかない。

とはいえ、予備室の鍵が常時開放されていたこと以上に、保管庫に自由に出入りできたというのが最大の問題なのだ。

「君の責任は重大だな」

阿澄がそう言うと、吉武は「そうだな」としゅんと項垂《うなだ》れた。

「入室記録は取っていたんだが……」

「入室記録があろうがなかろうが、自由に出入りできるのがおかしい」

かりかりした阿澄の口調がおかしかったのか、一転して吉武はぷっと吹き出す。

「何がおかしい」

「いや、おまえがこんなに真剣になるなんて思わなかったからさ。僕たちは職業柄、死体を見慣れてるだろ?」

「だからといって、死なれても困る。戦争をしてるならまだしも……」

「おまえの憧れの君に迷惑がかかるからか?」

阿澄はぐっと言葉に詰まる。

「何となく似てるよな、帝釈天」

「……何が言いたい」

唐突に帝釈天の話題を出されて、阿澄はそう切り返すのがやっとだった。

「超然とした雰囲気とか佇《たたず》まいがさ」

阿澄はぐうの音が出なくなり、真っ赤になる。

「鎌をかけるまでもないな。おまえ、わかりやすすぎだ」

「——あの人の前では我慢してる」

阿澄はぼそりと答えて、やけになって花林糖《かりんとう》を数本まとめて口に放り込んだ。

がりがりと花林糖を噛み砕く音だけが、診療室に響く。

「それはこのあいだのやり取りを見てればわかるって。おまえ、中隊長に対して相当無理して、突っ張ってるよな。笑わなかったのが奇跡的だ」

不謹慎だから我慢していたけど、と吉武がつけ加えた。

「うるさい」

「おまえは本当は、すごく可愛いところがあるんだからさ。素直になれよ」

「嫌だ」

素直になったらなったで、晄久に迷惑をかけるだけだ。

おまけに思い切り幻滅するような行為を、ついこのあいだしてのけたのだ。

そのあとに急に殊勝になられても、晄久だってどうすればいいかわからないだろうし、最早取り返しがつかないに決まっている。

そう、取り返しがつくかどうかを考えてしまうくらいに、阿澄はこのあいだのことを後悔していた。

一夜の快楽で得られたものは、苦い悔恨だ。

しかもただの悔恨と違って、時間が経《た》つごとにその重みを増していく。

愚かな真似をした自分自身への怒りばかりが、募るのだ。

「おまえは軍隊には向いてない。辞めたらどうだ」

極論すぎる意見に、阿澄は呆気に取られた。

「そう簡単にやめられるか。巳継《みつぐ》さんにも迷惑がかかる」

阿澄は花林糖を囓《かじ》り、ぬるめのほうじ茶を一息に飲み干す。

「それより、坂巻の話だ。よく君のところに来たのか？」

「写真の話をしたことがある。彼も興味があると言っていたんだ」

吉武は大して興味もなさそうな口調だった。

「写真？」

「そうだ。できれば従軍記者か何かになりたいって言ってたな。兵隊は向いてないから、いつか戦記を書きたいって話だった」

歴史、か。

阿澄にドイツ語で話しかけてきたときも、面白い男だと思っていた。

そんな彼を自殺に狩り立てるものがあったのだろうか。

「……そうか」

「よく、木下《きのした》って将校と来ていたな。広島の幼年学校で一緒だったらしい」

頑張ってもそこまでしか思い出せなかったらしく、吉武は茶を啜《すす》る。

「とにかく今は、三好《みよし》ってやつが取り調べを受けているそうだ。勿論、表向きは別の理由だ」

「三好？　何かあるのか？」

何かの折りに出た名前かもしれないが、そう珍しい苗字というわけでもない。

「たかとよって名前なんだよ」

「たかとよ？」

残っていた花林糖を口に放り込み、阿澄は細い眉を顰める。

吉武が阿澄の皿に花林糖を追加して盛ろうとしたので、身振りだけでもう必要ないと示す。それより、話の続きを知りたかった。

「決闘をしたとか言っていたな、そういえば」

「そうそう。で、最後に坂巻が言い残したのが、たかとよって名前だったんだ。中隊長がそれを聞いていて、もともと坂巻と因縁のあった三好が浮かんだらしい」

「…………」

たかとよという言葉を聞いて阿澄が思い出すのは、まったく別の人物だった。とはいえ、それは単なる直感だったし、それが当たっているという自信はない。

「とりあえず、調べてみるよ」

「どうして？　明らかに管轄外だろう」

「青酸カリの件は、同じ軍医の不始末だ。それに、自殺の原因によっては外に漏《も》れたら面倒なことになる」

「連隊内でのいじめか？」

「それも一つだ」

軍の中でいじめはよくあることだが、そんなものは単なる大義名分だった。大きな社会問題になる場合もある。晄久は関わりがなくとも、気づかなかったでは済まされない。

「花林糖、ごちそうさま」

「どういたしまして」

診療室を出た阿澄は廊下を歩きながら、もう一度考えを巡らせる。

調べでは坂巻は広島にある陸軍幼年学校を卒業し、そのあと士官学校に入学している。

広島の幼年学校から同期の木下とやらに聞いてみようか。

首を突っ込んではいけないとわかっていたが、その三好とやらが冤罪《えんざい》だったら気の毒だ。

晄久に頼めば、木下を呼び出してもらえるはずだ。阿澄が直接彼を呼んでは、ことが大きくなりすぎる。広島の幼年学校にいて坂巻を知る人間はすぐにわかるだろう。

本当は気まずくて顔を合わせたくはなかったが、ここはしれっと顔を合わせるくらいの度胸がなくては、妙に鋭い晄久に胸の内を読み取られかねない。

どのみち中隊長室は診療室と同じ一階にあるのだから、もののついでだ。

そう思い立った阿澄は、中隊長室にいる晄久の元を訪れた。

「何か用ですか」

中隊長室で職務に当たっていた晄久は、取りつく島もなかった。言葉遣いは丁寧だったが、口調からはいつもほどのあたたかみがない。

「亡くなった坂巻の件だ」

「あなたには関係ありません」

「生憎、診療室の吉武の薬の保管に問題があった。それらは、軍医の連帯責任だ」

「そう思うなら、最初からしっかり管理していただきたいですね」

晄久の口調は辛辣《しんらつ》だが、ときどき「しまった」と言いたげな顔をするのは、彼が意識して素っ気ない態度を取っているせいだろう。自分たちは、お互いに同じことをしているのだ。

彼は過去の阿澄の幻影を捨て去ろうと、懸命に足掻《あが》いているのだ。

なのに、まるごとは捨てきれないで、優しさや思いやりが顔を出してしまう。

淋しいけれど、踏ん切りをつけてほしい。

そうすれば、阿澄も気にしなくて済むからだ。

彼のまなざしをまともに受け止めて、堪えきれない胸の疼きに身悶《みもだ》えることも、きっとなくなるはずだ。

「悪かった。もう、この件を君に聞くことはしない」

「そうしてください」

とはいえ、先ほども口にしたとおり、診療室の薬の保管は軍医の連帯責任だ。階級のうえでは阿澄は吉武よりも上官にあたるので、彼を監督する義務もある。

つまり、今回の一件で阿澄が影ながら事件について調べても、それは越権行為ではないはずだ。

そう都合よく考えた阿澄は、まずは同じ中隊の連中の話を聞くべきだろうと将校集会所へ向かった。

集会所はいつもと変わらない雰囲気で、部外者の阿澄はやはり気後れしてしまう。

将校たちが行き交う中、廊下に所在なげに佇み、懶《ものう》げな表情で窓の外を眺めている人物に目を留めた。

「君」

「はいっ」

振り返った青年は慌てて姿勢を正し、敬礼をする。

小柄で可愛らしい印象の将校に、見覚えがあった。

「確か……」

「木下正吉《せいきち》少尉です」

可愛らしい顔立ちの将校は、確か飲み屋で阿澄に不躾《ぶしつけ》な質問をしてきたのを覚えている。

「君は確か広島の幼年学校出身だったな。広島出身なのか？」

「はい、茨城出身なんですが、受験の振り分けで、なぜか広島になりました。それでお袋に無理をさせて、早死にさせる原因になったんだと思います」

まずいことに話を振ってしまった、と阿澄は内心で舌打ちをする。

不用意に木下の心の傷を抉ってしまったかもしれない。

「でも、相馬《そうま》大尉のおかげで、俺も親の死に目に会えたんです」

しかしそれは取り越し苦労で、晄久のことを口にした途端に彼の頬が上気し、純粋な憧《しょう》憬《けい》が端々に滲む。きっと彼も晄久のことを好きなのだろう、と阿澄は素直に思った。

こんなふうにあからさまに晄久に対する憧れを表現できる木下が、ひどく羨《うらや》ましかった。

「相馬大尉のためにも、坂巻のことを知りたいんだ」

自殺とも他殺とも言わなかったものの、ぴくりと木下が表情を動かした。この青年将校も、坂巻の死の真相には思うところがあるに違いない。

「話を聞かせてもらえないか」

「……相馬大尉のため、ですか？」

「そうだ」

阿澄が頷くと、木下は暫く考え込んだ末に「仕事が終われば」と告げた。

どこに彼を誘うか迷い、阿澄は終業後に神田《かんだ》の喫茶店で待ち合わせることにした。

そうでなくとも本来の任務が滞っているのに、坂巻の死の真相を探っているのだと思うとそわそわし、残り半日はろくに仕事にならなかった。

尤も、阿澄の任務である調査の件は坂巻のせいで棚上げになっていた。

けちがついた予備室を使うのはよくないと晄久が言い出して、兵営への入居が延期になってしまったからだ。もしかしたら、あの日阿澄に取引を強要されたことで、兵士たちの貞操が心配になったのかもしれなかった。

喫茶店には、阿澄のほうが先に着いた。

「こちらだ」

ドアの開く音に阿澄が軽く手を上げると、きょろきょろしていた木下がほっとした表情を見せた。

珈琲を二つ頼み、阿澄は木下を労《ねぎら》った。

「すまなかったね、忙しいところを」

「いえ、とんでもありません。……坂巻のことですよね」

「ああ。彼は三好という人物とは仲が悪かったのか？」

「直接聞いたことはないけど、仲良くなるなんて思えませんよ。三好は坂巻と違ってすぐに手が出るし、かっとなりやすいから周りからも退《ひ》かれてたんです」

「…………」

こうなった以上、木下は思ったことを洗いざらい口にすると決めたようだ。

木下個人の主観が入るだろうから偏りもあるだろうし、中立の立場で彼の話に耳を傾けた。

三好に対する木下の印象はよくないらしく、どちらかというと物静かな坂巻をひいきするような言葉ばかりが彼の口から出てくる。無論、そこには死んでしまった僚友を悪し様《あざま》に言いたくないという心理は働いているようだが、よほど信頼されていたのだろう。

「彼はキリスト教に興味を持っていたんだろう？」

「知っていたんですか⁉」

「……ああ」

ドイツ語で最初に彼が話しかけてきたときに諳《そら》んじたのは、『ハイデルベルク信仰問答』というプロテスタント向けの書物の冒頭の一文だったからだ。有名なものではあるが、十六世紀の書を日本人の軍人が何も考えずに読むとは思えない。

阿澄もドイツに行った折り、ドイツ語の勉強になると同じ寮生が教えてくれたので知っていたのだ。

だから、坂巻がそれをすらすらと諳《そら》んじたことには驚きを覚えたものだった。

「このところ随分悩んでいたようだけど、それでも自殺なんてすると思えません。もともと読書家で、物静かで……読み終わった本は、よく将校集会所に寄付してました」

その話は、前にも耳にした。

阿澄は瞬《まばた》きをしながら、書棚に並べられていた本の背表紙を思い返す。

「――彼の友人は？」

「特に誰か一人と仲がいいということはありませんでした。昔は、松林《まつばやし》中尉と親しかったと思います」

「松林？」

「隣の歩兵第二連隊の将校です」

初めて聞く名前だった。

「松林、何て言うんだ？」

「松林灯《ともる》です」

名前も別段、「たかとよ」ではない。

「二人の関係はただの友人か？」

「いえ、そうじゃないです」

では、恋人だろうか。

そんなくだらないことを考えかける阿澄に、木下は意外な返答を寄越した。

「坂巻は松林家の小作人だったんです」

「え？」

思わず阿澄は顔を上げる。そこから糸口が見つかるのではないか。

「でも、有島武郎《ありしまたけお》に心酔していた松林の親父さんが、農地を全部小作人に格安で売ったんです。そのうえ坂巻は、幼年学校に行く金まで出してもらったって、松林には頭が上がらないはずです」

基本的に、近衛師団の将校には士族か華族の出身者しかなれなかったが、昭和に入ってその風潮も改められつつある。それでも、小作人からそこまで上り詰めたのであれば、坂巻は相当努力したのだろう。ますます自殺した原因がわからない。

「実際に、松林は主人として坂巻を押さえつけてたのか？」

「まさか」

漸く気持ちが和んだのか、木下は声を立てて笑った。

「松林は本当にいいやつです。どこかちょっと、相馬大尉に似てますよ」

「大尉に？」

「はい。勿論、大尉のほうがいい男ですけど！」

木下は勢い込んで言ってから、慌てて話を本筋に戻した。

「男らしくておおざっぱで、ちょっとお人好《ひとよ》しですが面倒見がいい。家にはいつも誰かしら遊びにきてますよ。それで、坂巻は『松林《あいつ》の参謀になりたい』ってのが口癖でした。士官学校を出る前までは二人はすごく仲良かったんだけど、ここ二年くらいかな。連隊に入ってからは、疎遠になってるみたいです」

「…………」

「今回のことで、一番悲しんでいるのは松林だと思うんですよ。俺なんかよりずっと落胆していて、ものすごく悩んでるみたいで、週番も変わってもらったらしいですから」

一つ一つの言葉が、重く心にのしかかるようだ。

「どうして疎遠になったかは知っているか？」

「うーん……ちょっとわからないんですが、ほかに親しいやつができたとか、松林の考え方についていけなくなったとか零したことが……」

木下は言葉を濁す。

「考え方？」

「これ以上は、俺にもわかりません」

考え方とは、思想のことだろうか。

軍隊の内部において思想に問題があるといえば、それが指すことは一つだ。

「十分参考になったよ。どうもありがとう」

「いえ。お役に立てましたか？」

「たぶん」

阿澄が微笑すると、途端に彼は真っ赤になった。

8

霧雨に躰が濡れ、町は薄暗い。

土曜日の朝。

冬物の外套《がいとう》を身につけた阿澄《あずみ》は、市ヶ谷《いちがや》に向かっていた。

例の松林《まつばやし》の家が市ヶ谷にあるというのは、名簿を調べればすぐにわかった。もう少し時間があれば憲兵の内部情報も入手できたろうが、そこまですれば阿澄が何かを探っていることが晄久《あきひさ》にも筒抜けになりかねない。

無謀なことをしていると思う。

この感情を好奇心と呼ぶのなら、そうかもしれない。お節介かもしれない。

だけど、一度くらいは晄久の役に立ちたい。

結局、自分の中には忠誠心の名残がまだあるのかもしれない。

それに、晄久より高い地位と公爵の威光は、時と場合によっては役に立つ。

「……ここか」

ありふれた古ぼけた家は、細い通りに面している。車一台が通れるかという道路は舗装されず、水たまりがあちこちにできていた。

何度か戸を叩くと、遠慮がちに「はい」という返答がある。

「近衛第一師団の伊世《いせ》だ。開けてもらえないか」

ややあって戸が開き、顔を出した青年がぴしりと敬礼をする。

「伊世三等軍医正とお見受けします。どのようなご用件でしょうか？」

青年はひどく緊張し、顔が引き攣《つ》っている。

「話があるんだ。少し時間を取ってほしい」

松林は鋭い目でじっと阿澄を見据え、「どうぞ」と言って部屋に上がった。

狭い一軒家だが、二階があるらしい。入り口から階段が見えた。

阿澄を座敷に上げると、松林は「水でいいですか？」と言う。外套を脱いだ阿澄は、それを畳んで自分の傍らに置いた。

松林が自分の胸元を見たのは、拳銃を隠し持っていないかを気にしてのことか。

「お構いなく。今日は個人的な訪問だ。あまり畏《かしこ》まらないでもらいたい」

「構いますよ。上官の訪問ですから」

着物を身につけた彼は長身で、がっしりしている。どことなく晄久に似ているという木下《きのした》の言い分にも頷けた。

飛びかかられて格闘に持ち込まれたら、敵《かな》いそうにない。

「どうぞ」

「ありがとう」

湯呑みに注《つ》がれた水で喉を潤し、阿澄は青年を見つめた。

「坂巻が死んだのは知っているな？」

「……はい」

知っているのは当然だろうが、あまり直球で切り込めない。阿澄はあえて迂遠《うえん》な方向から攻めていくことにした。

「君はどう思う？」

「あいつが死ぬなんて……事故って聞きましたが、原因はわからないんですか？」

松林はぎゅっと自分の手を握り締める。

その手が小刻みに震えており、彼が衝撃を受けているのは見て取れた。

「君は週番を休んだそうだが、葬式は？」

「たかが幼馴染みだ。その程度じゃ、葬式で帰省なんてさせてくれませんよ。それに……」

阿澄は青年の言葉の続きを待ったが、松林はまた押し黙る。

仕方ない。

こうなったら腹を括《くく》るほかないと、阿澄は口を開いた。

「彼は自殺だ」

「！」

弾《はじ》かれたように、松林が顔を上げる。

「どうしてわかるんですか⁉」

「彼の遺言があるんだ」

青年の顔色がさっと変化し、文字どおり紙のように白くなる。

「……何て書いてあったんです？」

「書いてあったんじゃない。『たかとよ』と言い残したんだ」

「は？」

「たかとよだ」

松林は虚ろな目で畳を見つめている。

「まさか……三好《みよし》か⁉」

がばりと顔を跳ね上げた男の目は爛々《らんらん》と光り、阿澄はぞくりとした。

それまでの彼の目に滲んでいたのは、家臣を失った主君の悲哀だった。

だが、今のそれは憤怒の情だ。

「違う。僕は自殺だと言っただろう？」

阿澄は首を振った。

「でも、ならどうして三好が……」

「冷泉隆豊《れいぜいたかとよ》を知らないか？」

「冷泉……確か、戦国時代の？」

唐突に切り出されて、松林はぽかんとした顔になる。

文字どおり、こいつは何を言っているんだ——とでも言いたげな様子だ。

絶対とは言い切れないものの、とにかくこれが阿澄の導いた結論だった。

「そうだ」

戦国時代優れた風流人としても知られた冷泉隆豊の主君は、後生に暗君と言われた大内義《おおうちよし》隆《たか》だ。隆豊はしばしば年下の義隆を諌《いさ》めたが、彼は遊蕩《ゆうとう》に耽《ふけ》るばかりだった。

結果的に義隆は部下の謀反に遭って敗走。隆豊は主君を介錯し、自らも自刃《じじん》したという。

『みよやたつ雲も煙も中空に　さそひし風のすえも残らず』

それが辞世の句として知られている。

坂巻は己を冷泉隆豊になぞらえたのではないか。

主君を諌めても聞き入れられず、それでも最後まで付き添った人物に。

無論単なる仮説だったが、歴史好きだった坂巻の最後の言葉に、三好よりも松林に対する深い思い入れがあると踏んだ。

阿澄にも、わかる。

生涯この人だけだと決めた主君がいるのなら、信仰を捨ててでも、命を賭《と》してでも彼を守りたいと願った従者の気持ちが。

阿澄だって同じだから、ここに来たのだ。

晄久の将来を、人生を、ひいては彼自身を守りたい。

それが己の自己満足であったとしても、今の阿澄にはほかのやり方は思い浮かばなかった。

「これはあくまで僕の推測だが、彼は君を諌めるために自殺したんじゃないか？　冷泉隆豊に自分を重ねて……というのは飛躍しすぎかもしれないが、そうとしか思えない」

「俺を？　何のために」

いったいどんな馬鹿げた推理をするのか、とでも問いたげだ。

「――君が陸軍改革運動にのめり込むのを、坂巻は危惧していた。それを止めたかったんじゃないか？」

がたりと松林が腰を浮かせる。

「どうして、それを……」

「命を懸けて忠告したくなるような内容なんて、それくらいしか思いつか」

最後まで言葉が出なかったのは、松林が俊敏に飛びかかってきたせいだ。

「ッ」

引き倒された阿澄は、したたかに後頭部を畳に打ちつける。

慌てて起き上がろうとしたが、今度は躰を捻《ねじ》るように畳に押しつけられた。

「そいつ、軍医だったな」

唐突に頭上から振ってきた第三者の声に、阿澄ははっとする。

いつの間にか、松林の背後に人の気配があった。

「どうする、こいつ……」

問いかける松林の声は、震えている。

ほかにもこの家に誰かがいたなんて、考えてもみなかった。

そちらを見ようとした阿澄の頭上から、「殺せよ」というすごみのある声が降ってきた。


「……阿澄が戻っていない？」

日曜日の朝早く、晄久をたたき起こしたのは意外な人物からの電話だった。

眞野巳継《まのみつぐ》。

いったいどうして彼から電話があるのかと、父が訝《いぶか》っていたほどだ。

前の晩は静《しずか》が急用だと再び来訪し、夜遅くまで話し込んでいった。

坂巻の件も片づいていないが、例の青年将校たちに近々大きな動きがありそうだと、静のもとに急報があったのだという。

そちらに関して何とか手を打とうと思っていたので、まさに阿澄の一件は寝耳に水だった。

「そうだ。何か知らないかい？」

電話口の彼は不安そうな声で、晄久は過保護なことだとため息をつきたくもなった。大の男の外泊など、心配するほうがどうかしている
「失礼ですが、阿澄さんは立派な成人だ。親戚のあなたが口を出すことでは……」

「阿澄はうちの子って言っただろう？」

むっとしたような声で眞野が反論する。

「行状が悪いのは、あなたが手取り足取り教えた結果じゃないんですか」

つい捨て鉢に言ってしまってから、さすがに今の言葉は失礼だったと晄久は反省した。

「……すみません」

謝罪する晄久に対し、少しばかり彼は笑いを滲ませた。

「阿澄は確かに貞淑とは言い難いけどね。もしかして、妬《や》いているのか？」

「誰が！」

強く否定した晄久は、これでは語るに落ちる状態だと再度反省する。

どうも眞野とは相性があまりよくないようだ。いや、自分が彼の台詞を受け流せずに突っかかってしまうのだろう。

「とにかく。阿澄は外泊するときは、必ず家に連絡をする。ドイツにいる時分はともかく、

少なくとも私が知っている阿澄はずっとそうだ。連隊で自殺者が出たとかで元気もなかったし、気になっているんだ」

そう言われると、俄に心配になってくる。

「わかりました。心当たりを探してみます」

阿澄は昔の阿澄ではない。割り切れない思いを抱えつつも、彼の望むとおり距離を置こうと思った矢先のできごとだった。

眞野が頼ってきたのが最近では縁遠い晄久というのが、阿澄の交友関係を洗った結果、ほかに何も手がかりがなかったと言っているようで。

当然、晄久にも心当たりなどなかったが、放ってはおけない。

まずは、阿澄の知り合い——吉武《よしたけ》を当たってみることにした。

急に訪問した晄久のことを、神田にほど近い下宿で暮らす吉武は快く迎え入れた。

一間の部屋は卓袱台《ちゃぶだい》が一つとぺたんとした座布団が一枚。

写真を撮るのが趣味なのか、印画紙が部屋の片隅にまとめられていた。

「阿澄……じゃない、伊世のことで用事だそうですね」

「はい」

この男も彼を阿澄と呼ぶのかと思うと、微かな苛立ちが胸をざわめかせた。

料理が趣味だという吉武は、できたばかりの栗金団《くりきんとん》をおやつに出してくれた。

それどころではなかったが、朝食も抜きで家を飛び出してきたので、有り難かった。

「阿澄もこれ、好きなんですよ。明日持っていってやろうと思って」

茶を淹《い》れてくれた吉武に勧められ、晄久はあっという間に一皿を平らげた。

「で、阿澄がどうかしたんですか？」

「昨日から戻っていないそうなので、保護者の方がうちに連絡を」

「中隊長のところに？」

吉武は大きく目を瞠ってから、不意に吹き出した。

「な、何だ？」

「いや……帝釈天が」

「は？」

「阿澄は帝釈天が好きなんですよ。それを思い出して、おかしくなって」

よくわからなかった。

差し迫った事態ではないものの、晄久とて仏像談義をするほど暇ではない。帰ったほうがいいのだろうかと思ったそのとき、ひとしきり笑った吉武が不意に真顔になった。

「いや、申し訳ない」

彼は表情を引き締め、それから口を開いた。

「阿澄は坂巻のことを気にかけているようでした。僕の薬の保管法に問題があったせいもありますが、真面目なやつですし、ほかでもないあなたの部下に何があったのか気になっているんでしょう」

「俺の？」

阿澄がそんなに殊勝なことを考えていたとは、意外だった。

軍隊になど興味がないと、ただの仕事だと割り切ったことを口にし、あまつさえ欲望の解消のためだけに晄久の肉体を求めてきた彼が？

「ええ」

吉武は何でもないことのように頷く。

「中隊長、阿澄とは幼馴染みなんでしょう？　昔は何度も自慢されましたよ」

自慢だって？

信じ難い言葉に、晄久は我が耳を疑った。

「もうずっと会ってないけど、きっとすごく男前になっているはずだってね。おかげで僕もこの中隊に赴任したときは、あなたのことが他人の気がしませんでした」

それならどうして、あんなに頑なに晄久のことを拒むのだろうか。

もう少し懐いてくれたっていいではないか。

「……よくわからないな」

「何がですか？」

「俺は、阿澄には嫌われていると思っていた。嫌っていないにしても……少なくとも、好かれてはいないと」

自信がなかった。

自分が見ている阿澄と、吉武の目に映る彼とでは別人なのだろうか。

「――中隊長」

「相馬《そうま》でいい」

「相馬さん」

吉武は手にしていた湯呑みを座卓に置いて、真っ向から晄久を見つめた。いつもの穏和な麒麟《きりん》のようなまなざしが、今はやけに真剣だ。

「伊世兵吾《ひょうご》に引き取られたのは、阿澄にとって幸運でもあり、不運でもあったと思います。思う存分学問ができるという意味では幸運でしょうが、公爵家の養子ですよ？　しかも公爵が宮内省に捻《ね》じ込んでまで養子にしたがったのだから、誰だって面白おかしく言い立てる。そのうえ後見人はあの眞野巳継。学生時代は隠せましたが、いつか日常が破綻《はたん》するのは目に見えていた」

理路整然とした物言いだったが、冷たさはない。寧ろ、阿澄の身の上を思いやる優しさを端々に感じさせた。

「……ああ」

「伊世家の息子になれば、必然的に、自分を変えなければ生きていけない。それを実行した阿澄を責められないでしょう」

この青年はよく阿澄のことを見ているのだ。

「僕は阿澄とは高校から一緒だったんで、あいつのことは何となくわかりますよ。阿澄は純粋で可愛いやつです」

吉武はきっぱりと言い切った。

「帝釈天のこと聞いてみてください。たぶん、怒るから」

「怒る？」

「はい、照れ隠しに。あなたならきっと、阿澄のことを連れ出せると思うんですよ。阿澄がずっと抜け出せなくて、踠《もが》いているところから」

それが何を意味しているのか、晄久にはまったく理解ができなかった。

答えがないことに不安を覚えたらしく、吉武は重ねて問う。

「阿澄には寛容になれませんか？　あいつのこと、軽蔑しますか？」

「軽蔑なんて、できないよ。たとえば人殺しは罪かもしれないが、俺は戦争になれば人を殺さざるを得ない。人の生き方を自分の基準で判断するのは無意味だ」

「よかった」

晄久の決然とした返答を聞き、ほっとしたように吉武が笑った。

「そういう人だから、阿澄は口ではどう言っていようと、ずっとあなたのことを待っていたんだと思います」

待っていた？

まさか、あのときの約束のことか？

いや、そんなはずはない。

「探すなら、僕も手伝いますか？」

坂巻の死因を探っていて、阿澄はどこに辿り着いたのか。

「気持ちだけ受け取るよ。君であっても、軍の関係者を巻き込みたくない」

もう一度、阿澄にぶつかってみよう。

そのためには、一刻も早く阿澄を探し出さなくてはいけない。

そして、話をしよう。

阿澄が何を考えているかわからないが、表面上の態度に誤魔化されていては、本質を摑《つか》めそうにない。

無論、彼が過去を蒸し返してほしくないというのなら、いっさい口にするつもりはない。

それが、阿澄と関わるうえでの晄久の決意だ。

このあいだのことだって、晄久は怒るというより傷ついていたのだ。

心の伴わないやり方で阿澄に触れても、後悔するばかりだった。阿澄の真意が読めないことが、辛《つら》かった。

でも、どれほど考えても阿澄を忘れられなかった。

たとえどんな姿であっても、やはり、阿澄は阿澄なのだ。

次に拒まれたら、そのときにまた考えればいい。

我ながら往生際の悪い話だった。


本当は、待っていた。

誰かが自分を、この暗闇から引き上げてくれるのを。

今でも、ずっと待っている。

阿澄には、そんな資格なんてないのに。

「――う……」

縛られた腕が痛い。

短い眠りから覚めた阿澄は、自分がまだ生きていると思い知ってわけもなく安堵する。

言葉を発しようにも、猿轡《さるぐつわ》のために口に押し込められた手拭いのせいで、上手く発音ができなかった。

阿澄は拘束された挙げ句、ご丁寧に二階の一室に閉じ込められている。身動きが取れないので、まるで芋虫《いもむし》のように横になっているほかない。何時間かおきに厠《かわや》に連れていかれ、食事も一度だけ干涸《ひか》らびたパンを与えられた。

見張り役は先ほど交代し、三人目になった。

雨模様のせいで、よけいに時間の感覚が摑めない。

彼らに思い詰めた様子があるのは、話の端々から聞くに、武装蜂起——革命の日が近いせいらしい。だからこそ、阿澄の来訪に焦り、不用意に捕まえてしまったのだろう。

阿澄のこともさっさと始末してしまえばいいが、一味の一人が伊世公爵の養子だということに気づいて、侃々諤々《かんかんがくがく》の論議中だった。

下手に手を出せば、難しいことになる。この迂闊《うかつ》さでは、革命など絶対に無理だろう。

始末されるのだろうか。

いや、ここで阿澄を始末したらかなりの確率で足がつくに決まっている。そこまでわからないような連中だとは考えたくなかったが、こんなふうに阿澄を無計画に捕らえてしまうくらいだ。得てして頭に血が上った人間は何をするかわからないものだし、暴発したとしてもおかしくなかった。

このまま死ぬのは怖くない。

いや……怖いか。

自分は晄久に二度と会えないまま、死ぬのだ。

ドイツで肺炎になったときの恐怖など、ものの比ではない。見ず知らずの人間が自分の生殺与奪の権を握っているというのは、ぞっとしなかった。

阿澄の死に対する恐怖の根源は、父が姉を殺害したときにまで遡《さかのぼ》る。

あのとき、人が人を殺す恐ろしさを知った。

そして、人の本性とはどれほど醜悪なのかを思い知った。

それが阿澄を絶望させ、伊世公爵の養子として生きることを選ばせた。

……自分がここで死んだら、晄久はどうするんだろう？

心優しい彼のことだから、最後に顔を合わせたときの態度を後悔するかもしれない。

そんな思いをさせるくらいなら、触れなければよかった。

好きという気持ちに負けなければよかった。

彼と一緒に生きていけるなら、すべてを擲《なげう》っても構わない。寧ろ、そこまでの覚悟があるのなら、最後まで軍医の立場を貫けばよかったのだ。

「……だから、殺すのはまずいだろ」

「決起の日まで生かしておくというのは？」

安普請《やすぶしん》ゆえに、階下から聞こえる議論の声は筒抜けだ。

いくら何でも二日も自分が外泊をすれば、眞野が黙ってはいない。普段は眞野を好事家だの何だのと言っている阿澄だったが、彼の優しさは身に染みている。

しかし、最も怖いのは公爵か眞野が阿澄が行方不明だと警察に訴えたときだ。下手に警察を介入させれば、晄久が坂巻の件を内々に処理しようと努力しているのが水泡に帰するかもしれない。

それだけは避けたい。

自分のせいでそんな事態になれば、阿澄が晄久に近づかないようにしたことだって、何もかもが無意味になるのだ。

それじゃ、馬鹿みたいだ。自分が道化みたいじゃないか。

目許がじんわりと熱くなり、阿澄は泣いてはなるものかとぐっと堪《こら》えた。

唇を嚙み締める。

――本当は、心の片隅で待っている。

晄久のことを。

無論、来てくれるわけがない。阿澄が消えたことすら知らないのだから、助けてくれるはずがないのは知っていた。

なのに、今も昔も彼を待ち続けている。

贅沢《ぜいたく》な話だ。いつだって、晄久は自分を守っていてくれたのに、それ以上に助けてくれることを望むなんて。

これまでの人生で阿澄がどんなときでも鈍感になれ、嵐に耐えられたのは、晄久がいたからだ。

彼にもう一度会いたい、それまでは死ねないと思い続けていたからこそ、すべてに耐えられたのだ。

晄久は阿澄にとって心のよすがであり、支えだった。

だから、彼はたとえそばにいなくても、阿澄を守ってくれていたことになるのだ。

そのくせ、今の阿澄は本物の晄久の手を待ち侘《わ》びている。どうせなら彼に助けられたいなんて、我ながら過分な望みだ。

「……ごめんください」

誰かが階下でそう口にした気がして、阿澄ははっと首をねじ曲げる。

晄久の声に似ている。

――いや、どうかしている。

空腹と疲労のせいで、幻聴でも聞こえているに違いない。ちょうど晄久のことを考えていたから、彼の声が聞こえる気がしたのだ。

「誰かいないのか？」

違う……！　聞き間違えでも空耳でもない。

やはり、晄久の声だ。

闇に閉ざされていた心に、仄かな光が差すようだ。

信じられないが、彼がなぜかここを探り当てて来てくれたらしい。

わずかに阿澄は身動ぎし、顔を上げて両耳でその声を聞こうとした。見張りの男は訪問者に気を取られており、阿澄の動きを気にかけていない。

「相馬中隊長！」

松林の驚愕《きょうがく》する声が聞こえ、阿澄は緊張に身を固くした。

「べつに俺は、おまえのところの隊長じゃないから普通にさん付けでいい」

晄久の声音はいつもと同じ力強さで、性急さも緊張感もない。

「あの、その……何か御用ですか？」

「ここに、伊世先生が来てるんじゃないかと思ってな」

歓喜に心臓が震える。

晄久が、ここまで自分を探しに来てくれたのだ。

嬉しくて、涙が零《こぼ》れそうだった。

「えっ」

刹那、松林が言葉に詰まった。

「やっぱりそうか。彼は伊世公爵家の御曹司《おんぞうし》だ。何かあったら、陸軍全体を巻き込むことになる」

「陸軍なんて！」

「どうなってもいいか？　それはおまえの——おまえたちの本意じゃないはずだ」

晄久は静かな声で重ねて告げる。

「おまえたちは軍の内部を変えたいんだろう？　その軍の基盤が揺らいだらどうなる？　おまえたちが命を懸けて正したいと思っているものも、失われかねないんだ」

「それは」

松林は往生際悪く、晄久の言葉を遮ろうとした。

だが、晄久のほうが一枚上手だった。

「——松林。おまえ、坂巻がどうして命を懸けたのか、考えてみなかったのか？」

そこでぐっと松林が押し黙る。

坂巻の名が出たということは、晄久もまた、阿澄と同じ結論に達したのだ。

「おまえたちのことは、憲兵隊が内偵している。いざとなったら一網打尽にする準備もできているんだ」

凜《りん》とした晄久の声は、二階にいる阿澄の元にはっきりと届いていた。

「嘘だ！」

「そうでなければ、ここに辿《たど》り着けないよ」

晄久の声は自信に満ちている。

「嘘だと思うなら、二階から見てみろ。この家を見張ってる連中と、表通りのトラックを」

「誰か、見てこい！」

見張りの男が真っ先に動き、窓に駆け寄って障子を全開にする。

ばたばたと足音が聞こえ、ほかの男たちもあいついで飛び込んできた。阿澄の傍らを裸足《はだし》で走り、窓枠に飛びついた。

つられて阿澄も苦労して膝立ちになる。体勢のせいでかえって遠くしか見えなかったが、確かに表通りに停車中のトラックが目に入った。

「くそ！」

阿澄を見下ろす二人の男が舌打ちをし、険しい目つきで睨みつける。一人の男など拳《こぶし》がぶるぶると震え、今にも阿澄に殴りかからんばかりだった。

「……俺たちをどうする気ですか？」

階下で応対する松林の声は、先ほどまでとは違って張りがない。

「思想に手錠はかけられない。もう一度考え直すのなら、見逃そう。ただし、おまえたちそれぞれには当面憲兵の監視はつく」

革命さえ起こさなければ不問に付すというのは、かなり寛大な措置だ。

「…………」

「今は、伊世先生を無事に返してくれ。そのあとのことは、おまえたちが話し合って決めるんだ」

息詰まるような沈黙が、何分にも感じられた。

「――わかりました」

大股《おおまた》で階段を上がる音が聞こえ、松林が部屋にずかずか入ってくる。彼は開けっ放しの窓の外を見る気力もないのか、迷わず阿澄の前に膝を突いた。

ナイフを取り出した彼は、阿澄の手を縛っていた縄を切った。

「……すみませんでした」

「いや」

阿澄は首を振り、まだ開けられたままの障子から再び外を眺める。

今度は、黒いコートを着込んだ青年が、家の前にある電柱の陰に立っているのが見えた。

反対側にももう一人。

先ほどのトラックといい、これでは多くの見張りがいることだろう。もう、彼らは逃れられないのだ。

足が痺れていた阿澄は、壁を伝って階段を慎重に下りていく。

顔を上げると、薄暗い三和土《たたき》には晄久が立っている。

「阿澄！」

本当に、来てくれたんだと、実感する。

阿澄が一番辛いとき、怖いとき――何よりも、最も危険なときに来てくれたのだ。

ほっとした瞬間に足が縺《もつ》れ、思わず前につんのめった。

「危ない！」

傾いだ躰を、晄久が両手を差し出して受け止める。そのまま勢いで彼の胸に倒れ込み、阿澄はそっと目を閉じた。

涙が溢《あふ》れそうだった。

遠慮会釈なくぎゅっと全身全霊で抱き竦められて、喜びに胸が熱くなる。

嬉しかった。もう一度、晄久の元に戻ってこられたことが。

心臓が血を送り出すごとに、愛しさが募る。

やっぱりだめだ。

諦めることなんて、できない。好きで、好きで、好きでたまらない……。

指先も唇も、膚も舌も何もかもが、彼を好きだと訴えている。

「どうした？」

「迎えに来たのか……？」

「そうだ。帰るぞ」

ぞんざいに発された単語が、鼓膜から全身に伝わり、阿澄の隅々にまで浸透していくようだ。

無言で頷いた阿澄は松林が靴箱から出してくれた靴を履き、改めて屋外へ出ていく。

来たときは雨だったが、今日は曇り空だった。

「通りまで歩けるか？」

「ええ」

阿澄と晄久はゆっくりした足取りで大通りへ向かう。人々が行き交う通りへ出ると、晄久はほっとしたようにかすかに息を吐いた。

彼は右手を挙げてタクシーを呼び止めると、伊世公爵邸と告げる。

それだけで、たいていの者には通じるからだ。

「馬鹿だな、おまえ」

後部座席に納まった晄久がそう言うなり手を伸ばして、阿澄の躰を抱き寄せる。

「ッ！」

人目のあるところで是認されるような行為ではなく、さすがの阿澄も動揺に手足をばたつかせる。眞野の傍若無人な仕打ちには慣れているが、晄久のそれは初めてだ。

だいたいこんなこと、許した覚えはないのに。

「放せ！　よせ、この……」

「うるさい」

晄久がいきなり、阿澄の顎《あご》を摑んで唇を押しつけてきた。

「…ッ」

驚きに、阿澄は大きく目を見開く。

いったい何が起きたのか、理解できなかった。

違う。キスだ。

息が苦しくて、目を閉じそうになる。

どうしよう。

かつては眞野にキスの仕方をあんなに教わったのに、いざとなると思い出せない……。

そもそも、キスなんて特別な相手としかしたことがなかった。

唐突に彼が唇を離し、阿澄はぷはっと息継ぎをする。

「これだけ俺を心配させたんだ、暫くこうさせろ」

改めて自分を抱き締める腕の力が強すぎて、骨が砕けそうだ。

「晄久様」

自然と昔の呼び名が唇から零れ落ちる。

こんなふうに彼を呼べたのは、屈託なんてものがまったくなかったのは、遠い昔だ。

もう十数年近くも前なのに。

「晄久様……」

感極まって、分類しきれないいろいろな気持ちがいっしょくたになって押し寄せてくる。

ずっと呼びたかった。

「怖かったか？」

「怖かった……」

文字どおり、死ぬかと思ったのだ。

一緒に生きて一緒に死にたいと思ったのに、こんな愚かなことで潰《つい》えそうになるなんて。

そんな阿澄の髪を、晄久は優しい手つきでずっと撫でてくれる。

「無茶はしないでくれ。俺は、おまえを二度も失《な》くしたくないんだ」

「どうして？」

「どうしてって……まあ、話の続きは今度だ。おまえを家に無事に送り届けないと、眞野さんに殺されそうだ」

阿澄はぎゅっと晄久の腕を摑む。

「今度じゃ、嫌だ」

自ずと発音に甘えが入り混じる。

上目遣いに晄久を見やると、彼はため息をつく。

「妙なところで色っぽいんだよな……おまえ」

それから、晄久は「わかったよ」と同意を示した。

9

ホテルの一室に足を踏み入れた途端、阿澄《あずみ》の心臓は強く脈打ち始めた。

解放された阿澄を晄久《あきひさ》が連れてきたのは、帝国ホテルだった。

夜会などで何度か来たことはあるが、晄久と二人で憧れのホテルを訪れることがあろうとは、夢にも思わなかった。

「ここ……」

「昔、よく言ってたろ。一度泊まってみたいって。昔とは違う建物だけど、これもいいだろう？」

案内の従業員が立ち去ったあと、晄久はあっさりと言う。

大きなベッドが一つしかない部屋は、フロントによると夫婦用だそうで、やけに広々としていた。

「覚えてたのか」

「当然だ。おまえの言ったことは、殆ど覚えてる」

「嘘《うそ》」

そんな甘ったるい台詞に騙《だま》されるものかと、つい拗ねた口ぶりになってしまう。

「確かめてみろよ。何でも質問していいぞ、阿澄」

「そう言われて、すぐに思い浮かぶわけがないだろう」

他愛ない会話。

こんなふうに敬語を使わずに会話をするのは慣れなくて、どこか緊張していた。

「待ってるから風呂に入ってくるといい。話はそのあとだ」

普通に話すだけならレストランでもよかったのだが、晄久は阿澄に気を遣ってくれたのだろう。いかにも彼らしい思いやりに、くすぐったくなる。

躰の汚れを洗い流した阿澄が備え付けの浴衣《ゆかた》を身につけて部屋へ向かうと、晄久は窓辺に置かれた椅子に座って眠っていた。

精悍な顔に滲むのは、明らかな疲労の色だ。

唐突に彼に触れたくなった阿澄は晄久に覆い被さり、そっと頬に手を伸ばした。

瞬間、ぱしっとその腕を摑まれてしまう。

「あっ」

腕を引かれると、晄久の胸の中にまたもすっぽりと埋もれる羽目になった。

「縛られたところ、痕《あと》になってるな。痛くないか？」

「これくらい平気だ。それより、起きていたのか」

「今起きたんだ」

笑いながら答えた晄久は、阿澄の肩先に顔を埋《うず》めて呟いた。浴衣越しにかかる息が、熱くてくらくらする。

「ミルクの匂いだ」

「え？」

「おまえの匂い。昔からミルクみたいに甘い、いい匂いがするって思ってた」

「そうなのか？」

晄久の腕に抱き込まれたまま阿澄は自分の躰の匂いを嗅《か》いだが、わからなかった。

「痩《や》せたんじゃないか？　飯は食べてたか？」

「パンをもらった」

これ以上近くで話していると、意識しすぎて変な気分になりそうだ。

阿澄がわずかに身を捩《よじ》ると、その意を察したらしく晄久は漸《ようや》く手を放してくれた。

「それで、話とは？」

人心地ついて平常心を取り戻した阿澄は、ベッドに腰を下ろす。それを見て、晄久は面白そうに唇を綻ばせた。

「無理するなよ」

「何だと？」

「さっきのが可愛かったから、二人きりのときはああしてたっていいんだ」

いきなり年上らしい態度を取られて阿澄はぽかんとするが、すぐに気を取り直した。

「僕は君の上官だ」

「もともとは、おまえは俺の家の使用人だ」

そこまで遡られると文句も言えずに、阿澄はその点には突っ込めなくなってしまう。

「でも」

「さっきだってどさくさに紛れて、晄久様って呼んでいたくせに」

冗談めかして言われて、阿澄は羞《は》じらいに頬を染める。

「もういい。君の言いたいことはそれで終わりか？」

「馬鹿、そんなことを注意するために、おまえをわざわざ引き留めるわけがないだろう」

「馬鹿というのは何だ。僕は君の……」

そこで言葉を切ったのは、晄久が嬉しげに笑ったせいだ。

「何なんだ、気味が悪い」

「可愛いなあ、おまえ」

「は？」

「一生懸命つんつんして、俺に突っかかって本当に可愛い」

「な……」

いったいどこがどうなればその結論になるのか、阿澄は真っ赤になって晄久を睨んだ。

「わかったんだ。俺はおまえのそういうところを含めて、全部好きだ。昔の素直なところも、今の突っ張ってるところも、何もかも受け容れたいんだ」

晄久は何かを悟ったのかもしれないが、阿澄には意味が理解できなかった。

「おまえは俺のこと、嫌いか？」

「…………」

すぐには対処できない問いをぶつけられ、狼狽《うろた》えるほかない。

「答えないってことは好きなんだな？」

「どうしてそう答えが一足飛びになるんだ！」

間違ってはいないのだが、素直に認められることでもなかった。

「じゃあ、嫌いなのか？」

嫌いなんて、嘘でも言えない。言霊《ことだま》の力を信じているからだ。

「ほら、嫌いだって言えないだろ。それならどうしてそう突っ張った態度になるんだよ」

「だって……」

寝台を軋ませ、阿澄は項垂れた。

晄久が何を求めているのか、阿澄にはもうよくわからなかった。

たとえすべてを受け容れてもらったとしても、昔のようにつき合うのは不可能だ。

「僕は変わってしまって……評判が悪いし、君はいずれ結婚するのはわかってるし……」

「結婚って？」

心底不思議そうに問う態度は他人ごとのようで、かちんとする。

「このあいだ一緒だった、初音《はつね》さん」

「ああ」

途端に晄久は気まずさを前面に押し出してきた。

「彼女は可愛いけど、友達の妹ってだけだ。持ちつ持たれつという意味もあるし」

「どういうことだ？」

下手な言い訳だった。それだけで妙齢の男女が一緒に出かけたりするだろうか。しかも、彼女の装いは街の人に見てくれといわんばかりの派手さだった。

「初音さんは演劇好きなんだ。女優として大成するまで結婚したくないから、俺に恋人のふりをしてくれって言ってきた」

「それじゃ君に何の利益もない」

「あるよ」

真っ向から阿澄の目を見つめ、晄久は笑った。

「俺はずっと初恋の子を忘れられなかった。相手を吹っ切るまで結婚できないと思ってたから、初音さんの申し出は有り難かったんだ。彼女がいる限りは、縁談を持ち込まれたりしないからな」

「初恋……？」

晄久の中にそんな大きな存在がいたとはつゆ知らず、阿澄の心臓は震えた。

「おまえだよ」

意外な言葉に、阿澄は文字どおり目を丸くする。

「いつもおまえのことを考えてた。離れたあとも、離れる前も、ずっとだ」

「嘘だ」

にべもない否定に、晄久は傷ついたような顔になる。

「おまえ、さっきから……俺がこういう大事な局面で嘘をつくようなやつに見えるか？」

晄久はいつも、阿澄に対して誠実だった。嘘なんて、一度もつかなかった。

「……悪かった」

「いいんだ。ずっと、おまえに謝りたかった」

その場に跪《ひざまず》いた晄久は、膝に置かれた阿澄の両手に自分のそれを重ねた。

「謝る？　どうして？」

「俺は約束を破ったんだ」

「約束？」

「そうだ。おまえは覚えてないだろうけど……昔もそうだったし、今回だって、おまえに八つ当たりして、またおまえを危険な目に遭わせた」

阿澄の手を握る晄久の手に、ぎゅっと力が籠《こ》もる。

痛いくらいに真摯《しんし》な告白なのだと、直《じか》に伝わってきた。

「ごめん。過去の話はしないんだったな」

晄久も、あの約束を覚えているのだろうか。そのことをきちんと聞きたかったが、自らの発言が仇《あだ》となって問いただせない。

「とにかく俺は、情けないくらいにおまえに執着してるんだ」

晄久は率直だった。

生きていくうえで阿澄が身につけざるを得なかった社交辞令と、彼は無縁で生きてきたのだろう。それが眩《まぶ》しくて羨ましい。そしてだからこそ、自分は彼に惹《ひ》かれるのだろう。

「どんなおまえでも、やっぱりおまえだ。俺はおまえが可愛くてたまらないし、好きだと思う。これ以上自分の気持ちを、誤魔化せない」

真剣で思いの籠もった言葉の羅列に、鼓膜から蕩《とろ》けてしまいそうだ。

こういうときに最終手段を使う晄久は……ずるい。

けれども、阿澄には素直に彼の腕に飛び込めない事情がある。

「待ってくれ」

「ん？」

言いづらいことを口にするため、阿澄は一旦深呼吸をしてから続けた。

ただし、晄久から目を逸らさない。

嫌われるのがどんなに怖くても、勇気を出さなくてはいけなかった。

「僕は……父や僕自身のために、いろいろな人と寝てきた。それくらいわかってるはずだ」

「好きな相手と寝たことは？」

「……君が初めてだ」

それを聞いた瞬間、晄久は相好《そうごう》を崩した。

「だったらいいよ。そうしなければ生きられなかったなら、文句はない。おまえが生き抜いて、もう一度俺のところに来てくれただけで十分だ」

贖罪《しょくざい》の必要もないと言ってくれる彼の表情には、強い決意が見受けられた。

「どんなおまえでも好きなんだ。だから、おまえが俺をどう思ってるかを教えてくれ」

「——今、言った。好きな相手としたのは……君が初めてだって」

頬が火照っているのは、自覚していた。それどころか、全身が熱くてたまらない。

「それに、約束は守ってもらった」

「え」

「ずっと、君を待ってた。今日も、待ってたから……来てくれて嬉しかった。僕を守ってくれて、その……ありがとう」

小声になってしまうのは、今更、素直になるのが恥ずかしかったからだ。

「どういたしまして」

にっこりと笑った晄久は立ち上がり、阿澄に近寄る。彼が身を屈《かが》めてきたので反射的にぎゅっと目を閉じると、額を唇が掠めた。

これはキスのうちに、入るだろうか？

「じゃあ、俺は帰る。支払いとご家族への連絡は済ませておくから」

「は？」

晄久が外套を手にしたので、阿澄は本気で狼狽する。

「話は終わったし、松林《まつばやし》のせいで疲れてるだろ。続きは今度にしよう。着替えるのは面倒だろうから、泊まっていけよ。食事を頼んだら、あとで請求してくれ」

「このままで帰るのか⁉」

「ああ」

どこまで真面目で紳士的なんだ、と阿澄は地団駄を踏みたくなった。

融通が利かないにもほどがある。

「据え膳を食べないで帰るとは、それでも君は日本男児なのか！」

阿澄が思わず声を荒らげると、晄久は「へえ」とにっと笑った。

「おまえ、自分が据え膳って言えるほど魅力的だっていう自覚があるのか」

「当たり前だ。僕だってそれなりに味わい深いと……」

「馬鹿。妬かせたいのか？」

とん、と晄久が阿澄の肩を押す。素早く外套を床に投げ捨てた晄久が、阿澄を寝台に組み敷いてきた。

顔が、近い。

「湯上がりのおまえを見てるせいで、自制心をなくしそうだから帰るって言ってるのに……自分から誘うなんて、おまえは馬鹿か？」

「だからそれが上官に対する……」

「少し黙れ」

ばさりと勢いよく上着を脱ぎ捨て、晄久がそう宣告する。

「なに……」

「この先おまえを守るつもりなのに、だめにしたのはおまえだ」

「だから、」

いきなり開き直られたって、対処のしようがない。

「上官なのは知っている。でも、二人きりのときは、そういうのはなしでいいだろう？　元従者で今は年下の上官なんて、ややこしくて仕方がない。俺とおまえが一緒にいれば、それで十分だ」

言い返そうとしたところで、唇を唐突に塞《ふさ》がれた。

熱い。

「ッ」

無意識のうちに唇を開けると、晄久の舌が入り込んでくる。

「……んく……ぅ……ふ…」

目を閉じた晄久の睫毛《まつげ》は意外と長い。こんなに至近距離で顔を見られるなんて嬉しくて、阿澄は薄目を開けて晄久の男らしい顔を観察しようとした。だが、そんな余裕もすぐに消え失せてしまう。

タクシーでのキスは不意打ちすぎて味わう暇もなかったけれど、これはもっと本格的だ。

「んんっ、んっう……」

おまけに晄久の接吻はひどく上手だった。

くちゅくちゅと口腔《こうこう》全体を舌で掻き混ぜるような情熱的な接吻に、否応なしに躰が熱くなってくる。単に晄久が上手いだけでなく、好きな人とするキスに気持ちが昂り、躰がついていかないのかもしれない。

キスは長く、なかなか終わらない。阿澄の口腔の中でさえも味わい尽くし、あらゆる粘膜を舐《な》め尽くそうとしているみたいで。

口から全部食われてしまうようで、少し怖かった。

息が詰まって苦しくなり、晄久に縋《すが》りつくことさえもできなくなった頃に、漸く唇が離れた。

「……好き……」

酸素が欠乏して頭がくらくらしていたが、やっと素直に言葉が出てきた。

「好きだ……晄久様……、好き……」

「うん、わかってる」

自分の頭を撫でてくれる晄久の声は、優しい。もっと何か気の利いた台詞を言いたいのに、また唇を塞がれてしまう。

「……んむ……ぅ……ふ……」

どうしよう。今度は躰の奥が熱くなってきて、そこからバターみたいにとろとろ溶けてしまいそうな気がする。いくら何でも、こんなに早く達《い》ったら晄久も興醒めに違いない。堪えなくては。

「苦しいか？」

晄久が息継ぎがてらに問うたので、阿澄は首を振る。だが、晄久は「苦しいんだろ」と笑ってキスをやめた。どうしてわかるのか、不思議だった。

シャツを脱ぎ捨てた晄久の逞しい肉体が、露になる。荒く息をしながらの小休止の間に、少しだけ思考がはっきりしてくる。見惚《みほ》れている間もなく、阿澄に覆い被さった彼は白い首に歯を立ててきた。

「あっ」

くすぐったい。勿論、それだけじゃなくて……感じてしまう。

このまま晄久に食べられてしまい、彼の血肉になるのか。

そう夢想すると昂奮し、躰に力が入らなくなる。全身の神経が快楽を求めることに集中し、自《おの》ずと阿澄は躰を弛緩《しかん》させた。

「おまえ、強がるからな……すぐに。嫌なら本気で嫌って言え」

音を立てて首にキスをされ、阿澄は身を捩《よじ》る。少し乾いた唇でどこか厳《おごそ》かに膚を吸われると、それがまた快感に変わった。

「ん…ッ」

こんなこと、初めてじゃないのに。

やっぱり晄久は特別だ。

繰り返し接吻《せっぷん》をされただけなのに躰が熱くなって、浴衣の前の部分を自分の性器が押し上げつつあるのがわかるくらいだ。彼には気づかないでほしいけれど、きっとだめだ。すぐにばれてしまう。

まるで処女のように、晄久のすべてに感じている。

「阿澄……もう濡れてる」

晄久が囁いて、阿澄の性器を浴衣の上から撫でる。

「ひっ」

「染みてるな。風呂上がりにちゃんと拭いたか？」

「と、うぜん…っ」

「だったら、感じてるんだな。ほら、俺の手の中でぴくぴくして、可愛いな」

晄久は本気で感心しているようだったが、阿澄にとっては信じられない仕打ちだった。

浴衣越しにそこを握り込まれると、過敏な部分は期待に脈打って更に震えてしまう。

「待って……だめ、」

「何が？」

吐息混じりに晄久に言われて、阿澄はもうこれ以上ないというくらいに頬が熱くなるのを自覚していた。

「浴衣……」

「え？」

恥ずかしいけど、でも……嬉しい。晄久に触られるのが、嬉しい。そう思うと、もっと快楽が強くなる。

「それ、達く……達くから、だめっ…」

前回だって晄久に抱かれたときは感じすぎてしまったのに、今日はそれ以上に敏感になっている。恐ろしくなって阿澄は手足をばたつかせて晄久を押し留《とど》めようとしたが、力の差があって無理だった。

「いいよ、出して」

「やうっ、あ、あっ、あ、……ああッ！」

浴衣の上から数度撫でられただけなのに、呆気なく達してしまう。さすがに恥ずかしくなって涙がぽろぽろと双眼から溢れ出した。

「汚すの、やだって……」

身も世もなく泣く阿澄に「ごめん」と謝ってから、晄久がそれを舌先で拭う。

「悪い、泣かせたな。浴衣を汚したくないって、わからなかった。あとで洗ってやるよ」

だから、そういうことは言わなくていいのだ。

無意識のうちに阿澄を虐めているようで、ひどくたちが悪い。

「晄久様、意地悪だ……」

「おまえこそ、反則だ」

緩みかけていた浴衣の帯を解かれ、そのままがばりと前を広げられる。

「やだ！」

射精したばかりでぬるぬるになったところも、白濁で汚れた腿も、全部見られてしまうのだ。

　おまけに自分は男で……。

「何が嫌なんだ。おまえが男なのは百も承知だ。見ても萎えたりしないよ」

「……だって…」

　晄久は阿澄の胸元に唇を寄せ、尖《とが》った乳首をいきなり囓ってきた。

「ひゃっ」

　思わず鋭い声を漏らした阿澄を見下ろし、晄久はくすりと笑う。

「普段はあんなに冷たいくせに、何で今夜はこんなに可愛いんだ」

「……う、うるさい、や……あ、やだ…ッ…」

　執拗《しつよう》に乳首を舌で転がされて、阿澄の声は意図せずに弾んだ。

　そうでなくとも晄久に抱かれる悦びに、全身が過敏になっているのだ。

「胸、だめなのか？」

「い、痛い……いたい」

「ここって、男も感じるんじゃなかったのか？」

　晄久が首を傾げたので、阿澄はふるりと首を振った。

　確かに普段も気持ちいいのだが、今は張り詰めて既に硬くなってしまっている。ほんの少しの刺激でも、痛くて、気持ちよくて――だからもう少し加減して触れてほしいのだが、それを説明する自信がなかった。

「違う、今……すごく……」

「敏感になって、痛いのか」

なるほど、と言いたげに納得されて、阿澄は羞恥心《しゅうちしん》から消え入りそうだった。

「可愛いよ」

「はっ…や、やだ…っ……」

「やだって言うのが、すごく可愛いな」

嫌だって言ったらやめると約束したくせに。

阿澄が嫌がるのも無意識の媚態《びたい》と見抜いているらしく、晄久はやめてくれなかった。それどころか阿澄の二つの乳首を執拗に舐め舐《ねぶ》り、舌先で転がし、真っ赤になるまで弄《もてあそ》んだ。

あちこちが疼いて、全身が汗ばんでいる。またしても躰が昂ってしまって、やるせない感覚が込み上げてきた。

「俺もして、いいか?」

晄久が太腿に唇を押しつけて問うたので、阿澄は夢見心地で「何?」と問う。

「これ」

晄久が花茎《かけい》にくちづけたせいで、一気に温度が上がった気がした。

「やうっ、待って……あ、あっ…それ、ずるい……」

快楽と羞じらいがない交ぜになり、涙がどっと溢れ出す。

嫌だと泣いているのに、晄久は阿澄の両脚をがっちりと肩で固定し、動けないようにしてしまう。弱いところを舌で辿られ、敷布を摑む。この状態で舐められたらひとたまりもなく、阿澄は泣きながら放埓《ほうらつ》を遂げた。

今度は晄久の引き締まった肩や顔に精液をかけてしまったのが、情けなくて。

「こういう味なのか」

「馬鹿！」

おまけに彼が顔にかかったものを拭って味を確かめたものだから、舌を嚙みたいという気分に襲われた。

「試したかったんだ。おまえがこのあいだ、旨いっていうから」

「そ、それは……」

本心だったから、仕方がない。晄久のものを口にできて、すごく嬉しかったのだ。

「とにかく、こっちもしないとだめだったよな」

呟いた晄久が、今度は阿澄の躰を無造作に裏返した。

尻に手をかけられて、阿澄は必死になって寝台の上で踠《もが》いた。

「やだ！　ばか、それはだめ……だめだ、自分で、する……」

阿澄が暴れるたびに寝台が軋むが、晄久は頓着《とんちゃく》しない。

「自分でやるのは辛そうだった。今日はおまえをよくしてやりたいんだ」

「…………」

優しい発言に、抗う言葉すら封じられてしまう。

「ここ、指挿《い》れていいか？」

阿澄が黙り込んだのを了承の合図と見て取ったのか、晄久はそれ以上問わなかった。

「うー……」

舐めて湿らせたらしく、晄久の濡れた長い指がずるりと入り込んでくる。晄久の指は男性にしては細くて長く、とても綺麗だと思っていた。あの日、荊に閉じ込められてしまったときも、晄久が茎を避けてくれるたびに彼の手に傷ができてしまうのが、辛かった。

「…く…ん、ー……」

どうしよう。指が、気持ちいい。長い指が自分の秘蕾をこじ開けて、まるで調べるように優しくそこを解していく。一枚一枚の襞《ひだ》を伸ばすような丹念な仕種に、阿澄は知らず知らずのうちに腰を左右に振り、無言で快感を訴えてしまう。

「このあいだより、簡単に拡がるみたいだ。風呂で慣らしたのか？」

「ばかっ」

阿澄は思わず声を荒らげる。

そういうことではないと、どうしてわからないのだろう。

素直に答えるのが嫌で阿澄がそっぽを向くと、晄久が「本当に可愛いなあ」と感心したように言った。

「僕は、可愛く、ない」

切れ切れに反論すると、晄久はなめらかな阿澄の背にくちづけながら「どこが」と面白そうに問う。

なんだかんだ言って、晄久にはまだ余裕があるのだ。それが気に入らない。

「どけ。僕だって、できる」

「え？」

訝しげな声を出しつつも、晄久がそれに従った。

肩で息をしつつも阿澄は起き上がり、反動をつけて今度は晄久を寝台に組み敷く。

「どうするつもりだ？」

「こうする」

一瞬は驚いたようだが、すぐに晄久は平常心を取り戻して阿澄にことを委《ゆだ》ねた。阿澄はなすがままにされている晄久の下衣をすべて剝《は》いで、裸にしてしまう。

晄久の腰に跨《また》がり、勢いに任せて花茎を摑むと、それは何もしていないのに熱く脈打っていた。

——う。

つい押し倒してしまったが、このあいだよりずっと大きい気がする。こんなに硬く逞しくそそり立っているものを、きちんと奥まで挿れられるだろうか。

晄久を気持ちよくできるだろうか。

心配でならなかったが、もうあとには退けなかった。

「見てろ……」

阿澄は大きく息を吐き出してから、自分の窄《すぼ》みに彼を宛《あて》がう。

「ふ……」

熱い。頭がくらくらする。

甘い予感に躰が竦んだが、思い切って少しだけ腰を進める。

「ん、く……」

気持ちいい……。

晄久の性器が襞を力強く擦《こす》り上げ、体内から込み上げる甘い感覚に酔い、眩暈《めまい》がしそうだった。

どうしよう。

晄久のものを襞と襞に挟み込んだまま、動けない。あまりにも気持ちよくて、これ以上進んだらきっとまた達してしまう。

「は……う……」

ただ挿れられているだけなのに、熱くて、すごく快《い》い……。自分の体内で、晄久の脈動を感じている。

「へっぴり腰じゃないか」

「うるさ、…ああ…ッ！」

後半が悲鳴になったのは、晄久が阿澄の腰に両手を添えて軽く引き下ろしたからだ。

達かなかったのが、奇跡だった。

襞と襞の峡谷を一息に抉られ、凄まじい愉悦に、刹那、頭が真っ白になる。

「嫌か？　嫌なら、やめる」

問いかける晄久の声も、今や掠れていた。

「……やなわけない……」

「よかった」

阿澄に組み敷かれ、寝転がったままの晄久が微笑む。

その顔を見下ろすだけで胸が痛くなり、もうどうしようもないまま、ぽろぽろと涙が溢れ出した。

「あ、あきひさ…さま……」

彼の引き締まった腹に手を載せて腰を揺すると、晄久が右手で尻のあたりを撫でる。

「呼び捨てでいい。それに、無理もするな」

「無理、じゃない…」

もっと晄久を奥に迎え入れたくて、膝を屈伸させるように上下に動かす。すると、わずかに緩んだ肉の狭間に、少しずつ晄久が沈んできて。

「は、はいる…っ……奥、」

「挿れたいのか？」

「う、うん、…晄久……晄久、すき……」

やっと素直に言葉が出てきた瞬間、体内の晄久がどくんと大きくなる。

「や！　…ん、ん、…当たる…っ…」

痺れる。

躰の中に潜む敏感な部分を探り当てられてしまい、阿澄は思わずきゅっとそこを締めつけてしまう。

「く」

「あ、また……やだっ……大き…ッ…」

「悪い……でも、おまえもいけないんだ」

謝らないでほしい。ただ自分は、もっと奥に彼を呑み込みたいのに、いい場所に当たってしまって、それがすごく気持ちいい……。

「どう、して…上手く、…あっ、そこ……また、当たる……」

もっと深く挿れたいのに、上手くいかない。昂奮しすぎて彼を締めつけてしまっているのだ。

晄久の上に跨がったまま、阿澄は途方に暮れて身を震わせる。

「ごめん、なさい……」

謝る阿澄を見上げ、晄久が息をついた。

「どうして謝るんだ？」

「だって……すき…好きなのに……」

好きな人と上手くできない自分が、恥ずかしかった。情けなかった。

「馬鹿だな——じっとしてろ」

阿澄の腰を力強く押さえたまま、晄久が上体を起こす。

突然動かれたことに微かに顔をしかめると、晄久がいきなり最後まで腰を引き下ろした。

「あぁっ！」

一瞬、思考が途切れ、阿澄の放った精が下腹を汚す。

入った……。

はあはあと呼吸を整えているうちに、実感が込み上げてくる。

今、一つになっているのだ。

晄久と。

「動いてもいいか？」

阿澄の腰を押さえた晄久が、下から衝《つ》き上げるようにして振動を送り込んでくる。

「あ、あっ、…だめっ」

慌てて晄久の首に両手を回し、阿澄は彼に取り縋った。

怖い。気持ちよすぎて、頭が変になりそうだ。

「それなら自分で動けるか？」

そう言われれば従うしかなくて、阿澄は必死で自分の躰を前後左右に揺らす。

大きい……。

呑み込んだものが熱くて、襞が痺れて……その熱が、じんじんと爪先《つまさき》まで伝播《でんぱ》してくる。

「いいっ……そこ、だめっ…まって、待って……」

何を待ってほしいのか、自分でもわからなかった。

気持ちいい。ほかの表現なんてわからない。晄久と繋がることで生まれるのは、純然たる快楽だった。

「待てない」

囁いた晄久が、阿澄の頬に両手を添えてめちゃくちゃにくちづけてくる。

「んく、んっ」

キスに応じればいいのか、それとも蕾を掻き混ぜるものに反応すればいいのか、どちらなのかわからない。

「可愛いよ」

笑った晄久が、阿澄の腰を摑んで律動を送り込んでくる。

溶けてしまう。こんなふうに硬いものでいっぱいにされたら、体内から発火しそうだ。

「い、いい？」

「俺か？　よくないと思うか？」

汗みずくになった晄久が、もう一度阿澄の唇に自分のそれをぶつけてきた。

「おまえがこんなに俺を欲しがってるんだ。可愛くてたまらない」

囁いた晄久が、阿澄の腰を摑んで蜜壺《みつつぼ》を深々と抉《えぐ》る。

「いい、いい、っ……あ、いく、いくっ……いっちゃう…っ…」

襞と襞のあいだを晄久が広げて、こじ開けて、もう何も隠すものがないというくらいの激情で、阿澄の全身を暴いていく。

「出して……」

「阿澄」

「あ、あ、あっ、あっ」

がくんがくんと壊れそうなほどに揺さぶられて、ひたすらに喘ぐほかない。

出してほしい。中にいっぱいかけて、これ以上ないくらいに満たしてほしい。

晄久のものにしてほしい。

ほかの誰かのものになんて、もう二度となりたくない。

「好きだ」

囁いた晄久が、阿澄の中をいっそう激しく突き上げる。

「ん、んっ……いい、あ、あっ…はっ…ああ……ーッ！」

体内に熱いものが迸《ほとばし》り、躰を撓《しな》らせた阿澄もまた絶頂に引き上げられていった。


……喉が痛い。

裸のままでうつらうつらしていた阿澄は、晄久が浴室から戻ってくる音で目を覚ました。

ベッドに手を突いて上体を起こそうと思ったが、それすらもできない。

「晄久様」

夢うつつで呼びかけると、浴衣姿になった晄久がベッドサイドに座り込む。

「ん？　何だ、阿澄」

「さっきの、外にいた君の部下たち……放っておいていいのか？」

突然堅苦しい口調になったものの、晄久はまるで気にしていないようだった。

「それなら問題ない。おまえが風呂に入っているあいだに撤収するように連絡した」

「そうではなくて、あそこまで派手に見張らせれば、今日の一件が彼らの口から漏れかねない。手を打たないとまずい」

それを耳にした晄久は、すこぶる楽しそうな顔になって阿澄の髪を撫でた。

「優しいな、おまえは。俺を心配してくれるのか」

「僕自身の問題だ。誘拐されたと知られれば、末代までの恥だ」

「末代って伊世《いせ》公爵家はおまえで終わりだろ。俺とこういう関係になったんだ」

「う」

阿澄が言葉に詰まるのを見て、晄久は小さく笑う。

「種を明かせば、あれは部下なんかじゃなくて劇団員なんだ」

「……え？」

劇団員という言葉に、阿澄は眉を顰めた。

「初音さんの劇団の仲間に頼んで、あそこに立っていてもらった。連隊にいるにしては、知らない顔ばかりだったろう？」

知らない顔と言われても、阿澄には彼らの顔なんてわからない。帽子を被っていたし、隣の第二連隊の連中も同じような反応だろう。

「じゃあ、あのトラックは？」

「あれは行きがけに通りに停《と》まってただけだ。事情を聞いたら壊れていて暫く動かせないって話で、単なるでまかせだよ」

「信じられない……」

「苦肉の策だ。部下を正式に動かしたら、彼らを無罪放免できなくなる」

彼は阿澄だけでなく、松林《まつばやし》たちを守ってくれたのだ。それは晄久自身を守ることに繋がるかもしれないが、そのために彼がつく嘘を、阿澄は責められなかった。

「前々から松林の内偵はしていたが、大それたことはできないのはわかっていた」

「そうなのか？　人望はあるという話だったが」

「人望だけじゃことは起こせない」

晄久は優しく笑う。

「阿澄、おまえこそどうやって彼に辿り着いた？」

阿澄が素直に冷泉隆豊《れいぜいたかとよ》の話をすると、晄久は吹き出した。

「そうか……。おまえ、想像力があるな」

「まさか違うのか？」

「三好《みよし》を覚えてるか？」

阿澄は「当然だ」と頷いた。

「三好と坂巻はそこまで仲が悪かったわけじゃない。決闘騒ぎのあとに親しくなって、人前じゃなければ名前で呼び合ってたそうだ。だから、あのときは『たかとよのせいじゃない』

と言いたかったんだろう。三好の話によると、派手にやり合ったから照れくさくて、周りに隠してたとか。坂巻の日記にも書いてあったよ」

「…………」

「覚悟の自殺だが、松林のことを考えると下手に遺書を残せない。あからさまに自殺とわかっても、理由を俺たちに探られる。事故に見せかけた自殺で、松林だけに真意が伝わればいいと思ったんだろうが、あれでは三好が疑われるといまわの際に気づいたんだろう」

意外な言葉を聞かされ、阿澄は唖然とする。

「でも、確かにそっちも面白いな。おまえ、昔から歴史小説が好きだったし、大内義隆《おおうちよしたか》がどんなやつかは知ってるだろ？」

「男女を問わず色ごとに耽り、最後には家臣に裏切られたのが有名だ」

「そう、いわゆる暗君だな。勿論、松林は男女を問わず遊蕩に耽るようなやつじゃないし、人望はある。だけど、頭の出来は大したことがない。坂巻といつも首位を競っていたのが三好だっていうのがその証拠だ。おまけに松林がいつもつるんでいたのも、いざとなったら逃げ出すような連中だ。おそらく坂巻は松林の父上を心配したんだろう」

阿澄を立ててくれようとする晄久の優しさに、ますますいたたまれなくなる。

「もういい。僕が考えすぎなのはよくわかった」

「いや、考え込むたちの男だし、悲劇的な最期《さいご》を遂げた武将に、己をなぞらえてもおかしくはない。普段はおとなしい坂巻も、最後に一言くらい言ってやりたかっただろうからな」

晄久は一つ一つの言葉を、吟味しながら告げた。

「ただ、遺言の解釈はどうあれ、松林には坂巻が死んだ意味がわかっていたはずだ。従者を死なせるのは、主人にとっては恥だ」

晄久の声は、刹那、暗く沈む。

「遺書なんて必要ない。死者は時に、生きている人間よりも雄弁なものだ」

「でも、馬鹿だ」

死んでは何にもならない。

気持ちを伝えることもままならないではないか。

阿澄はぱたりと寝返りを打ち、唇を嚙み締める。

もしかしたら、坂巻も少しは迷っていたのかもしれない。初対面の阿澄にドイツ語で質問をぶつけたのも、彼自身の信じていたものに対する迷いの現れだったのではないのか。

だとしたら、話を聞いてやればよかった。生きているうちに、惑う相手の声に耳を傾ければよかった。

「だけど、馬鹿なのはおまえも同じだ。勝手に敵地に乗り込むなんて」

いきなり話題を自分に引き寄せられ、阿澄は戸惑った。

「僕のことはいいだろう。立派な大人だ」

「だめだ。おまえに何かあったら、俺はどうすればいい？」

「どうって……」

振り返って晄久の顔を見上げると、彼は意外なほどに真剣に阿澄を見下ろしていた。

「好きだよ、阿澄」

「………」

唐突な告白を聞かされ、取り繕えずに阿澄はぽかんとする。

「昔のおまえも可愛いけど、それは過ぎたことだ。できればもっと、おまえのことが知りたい。昔の印象に縛られるのは、おまえだって嫌だろう？」

「……うん」

毒気を抜かれて、つい正直に答えてしまう。

「過去のことは全部忘れていい。おまえが誰と何をしたかだって、俺にはどうでもいい。この先、俺だけにしてくれるなら」

「寛容だな」

「そうでもなければ、きっとおまえを捕まえられない。おまえは美人で可愛くて、生意気で……ものすごく魅力的だ」

恐ろしい口説き文句を並べ立て、身を屈めた晄久がくちづけてくる。

「じゃあ、約束してくれ。もう……あの夜のことは聞かないと」

「ああ。前にもそう約束したはずだ」

よかった、と阿澄はほっとする。ここまで念を押せば、もう平気なはずだ。

「一生聞かないで」

「聞かないよ。おまえがそう言うなら、絶対に」

晄久の声は力強く、まるで耳に馴染む音楽のように優しい。

こう言ってくれるのならば、晄久は約束を守るだろう。

彼はそういう、誠実な人なのだ。

「俺がおまえを守ってやる。絶対に。だから、公爵のためであっても躰を売ったりしないでくれ」

「うん」

墓の中まで持っていこうと思っていた、秘密。

それは、姉の美代《みよ》が達弘《たつひろ》の子供だという事実だ。

それゆえに、信司《しんじ》は美代と達弘が親子として接していると信じていた。だが、あの夜、達弘は今度は死んだ妻の代わりに美代を夜伽《よとぎ》に差し出せと信司に言ったのだ。物陰に隠れて、阿澄だけがその熱っぽくも歪んだ告白を偶然に耳にしていた。

——親子じゃないか！　どうしてそんな、畜生のような真似を……。

——言ったはずだ。おまえのすべてを手に入れたいと。そのために雇ってるんだ。

達弘の真意を知った父はすべてに絶望し、心中するつもりで姉に手をかけた。

自分が別荘番でいる限り、その道からは逃れられないと。

それは歪んだ情念だ。達弘は信司のすべてを求めた。愛した女も、その女が産んだ子も。

だが、阿澄だけは異物だった。だから、達弘は美しい家庭に入り込んだ阿澄をいっそう疎んだのだ。

その秘密を、誰にも教えたりしない。彼の父が獣以下であることを、絶対に知らせたりはしない。

家を抜け出し、真っ直ぐに晄久の部屋に行ってしまったのは間違いだった。

優しくされれば、自分はきっと耐えかねて秘密を吐き出してしまう。

そう悟ったがゆえに、あの晩、惨劇を目にした阿澄は逃げたのだ。

秘密を守ろうとする達弘が恐ろしかったせいもある。

だが、それ以上に自分のせいで晄久を傷つけるのが怖かったからだ。

阿澄が生きてそばにいる限り、何かの弾みで口にしてしまい、その秘密を彼に知られてしまうかもしれない。

阿澄が酔いを恐れ、酒を飲まない理由もそこにあった。

だからこそ、晄久から離れたかったのだ。

この秘密を、生涯隠し通すために。

晄久の心と名誉を守る、そのためだけに。

「それ以外、何が知りたい？」

無論、公爵家という後ろ盾を得てからは、達弘に対する恐怖は霧散した。だからこうして彼の腕の中にいられるのだ。たとえ達弘に再会しても、何も怖くはなかった。

甘えるように阿澄が問うと、晄久は目を細めた。

「そうだな……俺のことが好きかは聞いただろ。あとは、腹は減ってるかを知りたい」

「……質問の意図を知りたい」

「悪いな。ここで何か口に入れないと、また、おまえを囓りたくなる」

囁いた晄久が阿澄の腕を取り、肘《ひじ》のあたりに軽く歯を立てる。

「だったら、食べていい」

もう片方の手を伸ばして、阿澄は晄久の首に腕を巻きつけた。その逞しい腰に右脚を絡め、精いっぱい彼を誘う。

「また、食べて」

「じゃあ、遠慮なく」

荊《いばら》でできたあの檻から、二人はずっと抜け出せなかった。伸びた荊はまるで鎖のように手足に絡み合い、結びつけてきた。

だけど、今にして思う。

あの荊は檻ではなくて、繭《まゆ》ではなかっただろうか？
幼い二人にとって一番居心地のいい、あたたかな場所。
二人だけの思い出があるところ。
だから、幼い日々の心残りを置いてきてしまったのだ。
あの繭の中に閉じ込められて。

10

坂巻《さかまき》が亡くなってから、一月《ひとつき》。

結局、彼の死が自殺として発表されることはなかった。

軍内部では青年将校たちの不穏な動きもひとまず沈静化し、晄久《あきひさ》も以前ほどの忙しさではなくなった。

松林《まつばやし》が陸軍を辞めたのは、新年になってからだ。

今日も晄久が阿澄《あずみ》と連れ立って帰省する松林を見送りにいくと、彼は郷里で商売でもやります、と気丈に笑って汽車に乗り込んだ。

日曜日の銀座は、この不況下でも人通りが多い。

東京駅から何となくこちらに歩いてきたのだが、映画に行くわけでも書店に行くわけでもなし、二人で他愛もない話をしつつぶらぶら歩いていた。

一軒の店の前を通りかかり、晄久は店内の様子を目にして足を止める。

「どうした?」

「資生堂、空いてるみたいだ。よかったら入ろう」

何気なく資生堂パーラーに誘うと、阿澄は傲然と首を振った。

「嫌だ」

「嫌って……甘いもの好きだろう？」

「僕にも体面というものがある」

「は？」

「こんなどこで誰が見ているかわからない状況で、甘いものなど食べらない」

まったく、可愛いことを言う。

二人きりでいるときは晄久の腕の中でふにゃふにゃに溶けてしまって「晄久様」と呼んで甘えることもあるくせに、阿澄は外では絶対に欠片だってそんなことを匂わせない。

その切り替えには、晄久も感心してしまうほどだ。

尤も、口調はこちらのほうが慣れているようで、公私問わずにこんな取っつきにくい話し方をする。だが、種明かしをされてしまえば、それもまた可愛い。

それに、今にして思えば、おそらく阿澄は最初から無意識のうちに晄久に甘えていたのだ。晄久なら冷たい態度を取っても許してくれるだろうと考えていたに違いない。

「お互い普段着なんだから、平気だよ。軍服だったら目立つだろうけど、今のおまえはただの美人だから安心しろ」

阿澄がむっとしたようにこちらを見たとき、晄久は自分たちに近づいてくる人影に気づいた。

「巳継《みつぐ》さん！」

眞野《まの》伯爵だった。

新橋方面からゆったりと歩いてきた眞野は、阿澄の姿を認めて相好を崩した。外套に身を包んだ眞野はまさに伊達《だて》男で、町を歩く女性たちがうっとりと見惚れている。

「やあ、阿澄。資生堂に来たのかい？」

「えっと……」

今まで入りたくないと言っていた阿澄は、気まずそうに口籠もる。

「ちょうどよかった。一緒に何か甘いものでも食べよう」

「それはいい。阿澄も構いませんね？」

座席に案内されてから、晄久と眞野は退屈でさほど実りのない会話を繰り広げた。

眞野はついこのあいだまで、京都に出かけていたのだという。

「阿澄は京都が好きでね。特に東寺はお気に入りで、休みのたびに行っていたとか」

「東寺……帝釈天ですか？」

動揺したのか、紅茶を飲んでいた阿澄がびくっと身を竦ませる。ティーカップとソーサーがかちゃかちゃと耳障りな音を立てた。

「何でも阿澄にとって、帝釈天は初恋の……」

「あ、あのっ」

晄久としては続きを聞きたかったのだが、阿澄が唐突に二人の会話を遮る。

「ん？」

強引に遮ったはいいが、どうすればいいかわからないらしく、阿澄は口をぱくぱくとさせている。

それはそれで可愛いのだが、そんな表情をするのが眞野のせいだというのが、晄久には気に入らなかった。

どうやら自分は、思っていたよりもずっと嫉妬深い気質の持ち主のようだ。

「相馬《そうま》君、そう嚙みつきそうな目で見るものじゃない。心配しなくても、私は彼を利用したりしないよ」

「………」

戸惑う様子の阿澄を見やり、眞野は優しく微笑する。

「利用って、どういうことですか？」

聞き捨てならない一言に、晄久はつい口を挟む。

「阿澄は誤解しているんだ。僕がこの子を陸軍に送り込んで、相馬財閥を蹴落とす手立てにしようと企んでいるんじゃないかってね」

「違うんですか⁉」

阿澄が頓狂《とんきょう》な声を上げた。店内の客の視線が一斉にこのテーブルに集まったが、眞野は澄まし顔でいっさい気にしていない様子だった。

「私はべつに、相馬君の弱味を握りたかったわけじゃない」

「なら、どうして陸軍に？」

「前にも言ったろう、君はいつまで経っても荊の中にいるって。誰にも触れられたくなくて、怖がって、鎧《よろい》を作って……そこから連れ出せるのは相馬君しかいないと思ったわけだ。君の初恋の人だというのはわかっていたからね」

てらいのない眞野の言葉に照れたらしく、阿澄は真っ赤だった。

そして晄久もまた、どうして阿澄が自分と距離を置こうとしていたのかがわかる気がした。

晄久は軍人だが、同時に相馬家の跡取り息子でもある。

自分は無縁だと信じてそう振る舞っていても、人が己の後ろに『家』や『財閥』の存在を見出《みいだ》すのは仕方のないことだった。

「それにね、私は利用する価値がある相手しか利用しないんだ」

眞野は低い声で釘を刺した。

「つまり、俺は利用する価値がないということですか？」

「おや、あると思っているのかい？　私が君とこうして話をするのも、阿澄の初恋の相手に礼節を尽くしているだけだよ」

むっとした晄久がつい眞野を睨みつけてしまっても、彼は涼しい顔をしている。

大人の男の余裕というわけか。

「それはそうと、阿澄」

「はい」

「このあいだも、公爵は君がいないのを案じて、明け方に電話をかけてきたんだ。ご老体にあまり心配をかけるんじゃない」

阿澄を心配して、その時間まで寝ずに待っていたのか。兵吾《ひょうご》は意外に過保護なところもあるようだ。案外、阿澄に高い地位を与えて彼を守ろうとしたのも、兵吾の意向が働いているのかもしれない。

「……わかりました」

「いい返事だ。幸せになりなさい」

「お言葉ですが、阿澄は俺と一緒で、もうかなり幸せですよ」

傍らにいた晄久が口を挟むと、眞野は「そうかい？」とにこやかに返した。

「信じられないんですか？」

「自惚《うぬぼ》れはよくないね」

「自惚れではありません。今度証明してみます」

「楽しみにしているよ」

値踏みするように晄久を一瞥し、眞野は素っ気なく告げる。

「だから、あなたも阿澄を利用しないでください。変な相手を斡旋されるのも迷惑です」

「……ああ。君は阿澄を守る騎士というわけか」

眞野は小さく笑った。

「考慮しよう。しかし、阿澄の腕は確かだからね。手合わせを願う相手を全員拒むのは無理だろう」

「な」

会話にある含みを読み取り、晄久はかっと頬に朱を走らせる。このあいだも阿澄と約束したのだ。これ以上、彼の躰を取引に利用させるなんて、冗談じゃない。

「勘違いしないでくれ。房事から将棋まで、うちの阿澄は万能なんだ」

「将棋……？」

「では、今日は待ち合わせがあるので」

珈琲を飲み終えた眞野は立ち上がり、顧ることなく店を出ていく。その背中を見送り、晄久は改めて阿澄に向き直った。

「おまえ、将棋なんてするのか？」

「囲碁もできる」

澄まし顔で阿澄が答えたので、晄久は「確かに万能だな」と呟く。

「相手と寝るばかりじゃないのか？」

小声になって晄久が問うと、彼は肩を竦めた。

「性欲の失せた老体もいるんだ。当然だろう？　その中には、世間にいつまでも自分が元気だと思わせたい輩もいる」

「どうして否定しない？」

「否定したって……一人でも百人でも同じだ。それに、もうそんな真似はしていない。君と、約束したから」

つまり阿澄は男たちに躰を売るばかりではなくて、じつは囲碁や将棋の相手もしていたのだ。それがますます淫売という噂に拍車をかけたが、そこから生まれる百戦錬磨という印象を利用していたのだろう。その噂に惹かれた者の中に価値がある人物がいれば、その相手と寝ればいい。確かに効率的だ。

わざと評判を落として、ますます晄久を遠ざけようとしていたのかもしれない。

そう考えると、阿澄がもっと愛しくなった。

「好きだよ、阿澄」

「こういうところで何を言うんだ」

口調こそ刺々しいが、阿澄は耳まで赤くなっている。

「おまえが可愛いから言いたくなった」

晄久はぬけぬけと言い切る。

「今度こそ、何があってもおまえを守ってやる。おまえがいれば、何も怖くない」

そして、幼い頃からの望みを成就させるつもりだった。

阿澄の手に自分のそれを重ね、晄久は真剣そのものの表情で告げる。

「うん……守って」

珍しく素直に答えた阿澄は、照れたように破顔する。

初恋という荊の枷鎖《かさ》に縛りつけられ、晄久の手を待っていた姫君を、やっと助け出した。

ならば、これからは自分の思いによって、阿澄を愛という揺籃《ようらん》に縛《いまし》めよう。

荊よりもずっと強く、重くも熱いこの枷鎖で。

小品二題

前日譚

「よし、今日はお祝いだ」

いったい何が嬉しいのか、大学時代からの友人である相馬達弘《そうまたつひろ》は上機嫌だった。もともと裕福な家で育ち、大学卒業後に商売を始めた達弘とは違い、里中信司《さとなかしんじ》は昔から作家になる夢がある。すべてが順風満帆で商売を拡大していく達弘とは正反対に、自分は躰《からだ》を壊して失職し、結婚したというのに再就職は厳しい。酒を呑もうと誘われたときも信司は懐《ふところ》が寒いと直截《ちょくさい》に断ったが、達弘は奢るからと言って聞かなかった。昔から彼にはこういう強引なところがある。約束されて出向いたのは洒落た店で、自分ならば絶対に選ばないだろう。

「何だ？　俺の失業記念か？」

拗《す》ねた心持ちで言い出した信司に、達弘は大きく首を振った。

「何を言ってるんだ。細君から聞いたが、子供が生まれるんだろう？　誕生祝いと再就職の祝いだよ」

「再就職なんて遠い夢だ。職もないのに子供が生まれるなんて、首を括《くく》るほかないよ」

自暴自棄になった信司がそう告げると、達弘が正面から信司の目を見据えた。

「何だ？」

「私のところで働かないか？」

「破竹の勢いで業務を拡大する相馬商事の社員なんぞ、俺なんかには務まらないよ」

ふっと達弘は笑い、手を伸ばして信司のそれに重ねた。

「おまえには私の近くにいてほしい。軽井沢の別荘を覚えているか？」

「ああ、昔何度も招待してもらったな」

あの頃はよかった。青臭い文学論を打《ぶ》ち、一晩中酒を呑んで過ごした。

「じつは別荘番をしていた老夫婦が亡くなったんだ。代わりを探しているんだが、住み込みで働くのはどうだ？」

「別荘番？」

「そうだ。どうせ私が行くのは夏だけだ。おまえは好きなだけ、詩や小説を書いていいんだ。避暑に来た私を迎えてくれれば、それで十分だ」

ぎゅっと痛いほどに手を重ねられる。世渡りの下手な信司だったが、達弘が彼なりに職を与えてくれようとしているのはわかっていた。だが、施しは御免だ。

「そこまでおまえの世話になるわけには……」

「人の手の入らない別荘なんて荒れるだけなんだ。おまえがいれば、通う気にもなる」

熱っぽい言いぐさに、達弘は戸惑った。小説を書きたければ帝都でと固執するつもりはないが、新しい風に触れていないと時代に取り残されそうで不安もあった。

「おまえが大事なんだ、信司。苦労をさせたくない。おまえの生み出すものは、私にとっては宝だ」

「大袈裟《おおげさ》だな。それじゃあ、俺ばかりが得をする。君の見返りは？」

昔から、信司は小説や詩を書くと真っ先に達弘に読ませた。彼は信司のよき理解者で、一番の信奉者でもある。彼の言葉は何もかもが心地よかったのだ。

「見返り？　美しい別荘番夫妻が私を迎えてくれる。それに、おまえの人生を私に繋《つな》ぎ止めるのに、そんなものはいらないよ。おまえを囲うなんて、男冥利に尽きるさ」

「俺はおまえに囲われるのか」

「すまない、言葉の綾《あや》だ。でも、そうだな。礼をしたいのなら、おまえの子供の名付け親になりたいんだ。この先、おまえの子供になる全員に私が名前を与えたい」

「おまえに？」

「そうだ。家族はいわばおまえの分身だ。名前という絆《きずな》で、私もその子の一部になれる。おまえと同じように、おまえの子も可愛がろう」

その目が爛々《らんらん》と輝いた気がして、信司は一瞬ぞくりとし、猪口《ちょこ》を運ぶ手を止めた。

戯れに一度、くちづけられたのはいつの日だったか。あれもまた軽井沢だった。文学談義をした軽井沢での夜、急に冷え込んできたと言ったら達弘が抱き締めてきた。その熱っぽく汗ばんだ膚《はだ》。気持ちが悪いと思ったのに、避けられなかった。自分の数少ない信奉者を失うのが怖かったのだ。

「おまえのものは、全部欲しい」

「本気か？」

「……いや」

「びっくりした。おまえが言うと、笑えないよ」

何もかも全部、達弘のものにしたいという情熱を感じ取り、言葉とは裏腹に信司は心中で陶然とする。そして、その陶酔の中に己の醜さを見出さずにはいられなかった。

この男は蜘蛛《くも》だ。

信司の顔の上に、手に足に、放っておけば全身に、傍若無人に巣を懸ける。だが、それを是とする自分は何なのだろう。何を求めているのだろう？　たとえば彼が妻を寝取ったとしても、それは信司と間接的に繋がるためだ——そう思って、それすら執筆の糧にするだろうか。たとえば拾ってきた子供を己の子だと偽れば、達弘はその子でさえも愛《め》でるだろうか。

おそらくそれを自分は、昏《くら》い自己満足でもって見つめるに違いない。

酔ったことにしてすべてを決めれば、彼の熱情に引きずられても自分に言い訳できる。

「でも……それもいいかもしれないな」

達弘の甘い誘惑に逆らえない自分自身の醜悪さを、信司は誰よりも知っていた。

後日譚

「阿澄《あずみ》。よかったら俺の家に来ないか？」

夕食を外で摂ったあと、恋人の相馬《そうま》晄久《あきひさ》に明るく誘いかけられ、伊世《いせ》阿澄は微かに眉を顰める。彼の言葉は嬉しかったが、阿澄は晄久の父親があまり得意ではない。

「僕は嫌だ」

「父ならいないよ。来週まで上海《シャンハイ》に出張中だ。それに、おまえのこともあの阿澄だって気づいていないだろうから、心配するな」

「ならば、尚更嫌だ。そんなこそこそと、泥棒猫のようなことができるか」

阿澄が冷淡な言葉を吐き捨てると、途端に晄久の目許《めもと》がふわりと和んだ。もともと精悍《せいかん》な好男子なのだから常にきりっとすればいいのに、阿澄といると甘くて優しい顔ばかりする。

彼と職場が同じで何度も顔を合わせるのは照れくさいのだが、調査のほかにも陸軍病院の仕事が入ったりして忙しく、近衛《このえ》師団における阿澄の任務はまだ終わっていなかった。

「何だ、その顔は」

「つまり、俺を盗むというわけだろう？　大胆な言いぐさだな」

照れて絶句する阿澄に、晄久は「何なら嫁入りでもいいぞ」と追い打ちをかける。

「自分より図体の大きな嫁なんていらない」

「じゃあ、婿だな」

他愛もないやり取りを経て、この話題は平行線にしかならないと諦め、二人は結局根津《ねづ》に
ある晄久の別宅を訪れた。

「この家、庭に桜の木があるんだ。咲いたら花見をしよう」

脱いだ阿澄の外套《がいとう》をさりげなく受け取り、それを畳む。そこに昔との立場の違い、それか
ら阿澄が知らない晄久の過去を読み取れるような気がして、不意に、胸がいっぱいになった。

「うん」

畳の上にすとんと腰を下ろした阿澄の傍らに、晄久が座する。何とも言えずに彼の腕にそ
っと触れると、晄久は「どうした？」と笑った。

「何かなくては君に触ってはいけないのか？」

「いや、甘えてくれてるんだろ？　いつでも歓迎だ」

「これのどこが」

「自覚、ないのか？　言葉には出なくても、仕種《しぐさ》とか雰囲気とかでわかるんだよ」

照れくさくなった阿澄が慌てて手を放そうとしたので、「馬鹿」と逆に引き寄せられる。

そして、そのまま有無を言わさずに抱き竦《すく》められた。

先ほどよりもずっと晄久の体温が近くなり、阿澄は陶然とした。

「可愛いな、おまえ」

「痛いから、放せ」

「こら、暴れるな。どうしてもやめてほしかったら、何を考えてたのか言ってみろよ」

「――――桜、一緒に見るの……初めてだから」

遠慮がちに白状した阿澄に対し、晄久は「ああ」と屈託なく笑った。

「おまえとは夏しか一緒に過ごせなかったからな。花見、楽しみだな」

「うん」

知り合ってから二十年以上になるというのに、二人でするのが初めてのことはたくさんあるのだ。

嬉しさから、ほんのりと色づくように心があたたかくなる。軽く腕を緩めた晄久はそんな阿澄の顎を持ち上げ、かすめ取るようにして唇を啄《ついば》んできた。

「して、いいか?」

既に阿澄の上着の釦《ボタン》に手をかけているくせに、晄久はそんなことを問うてきた。

「今夜に限って、どうして理由を聞くんだ」

「それは、聞かないと怒りそうな顔をしてるから」

「……何もしないと怒る顔をしているつもりだ」

阿澄はそう言って、今度は自分から晄久に接吻《せっぷん》した。不意打ちだったせいか晄久の唇が少し開き気味だったので、舌を差し入れる。晄久はわずかに苦しげな顔をした後に、阿澄の舌の動きに応えてきた。

「ん、んっ」

苦しくて喉から鼻に抜けるような声が出た。それを声と呼ぶのか、わからない。翻弄するつもりだったが、逆に翻弄されてしまい、引き抜かれそうなほどに舌が痛くなった。でも、晄久に味わわれると気持ちがよくて、躰《からだ》に力が入らなくなる。

「するからな」

「いちいち聞かなくて、いい。余裕があるみたいで嫌だ」

手早く布団を敷いていた晄久が声を立てて笑い、阿澄を褥《しとね》に導いた。

「おまえ、俺の余裕をなくしたいんだな。なら、おまえも協力しろ」

「え？」

「こういうことだ」

晄久は阿澄の衣服を乱して、乱暴に再び唇を塞《ふさ》いでくる。

「く…ふ…ッ…ん…う…」

「可愛いよ、阿澄。おまえのこういうところを見てるだけで、すごく昂奮する」

熱い舌で再び口腔を蹂躙《じゅうりん》されて、阿澄は懸命に彼のそれに応える。舌も唾液もそれがどちらのものかわからなくなるくらいの濃厚なくちづけが暫く続き、晄久に組み敷かれたときにはもう、息をするのも億劫《おっくう》になっていた。

「酒、呑むか？」

「呑まない……」

寝間着に着替えた晄久は阿澄を膝枕し、ずっと髪を撫でてくれている。阿澄のぶんの浴衣《ゆかた》も用意されており、それが嬉しかった。

あれから二回晄久に抱かれ、阿澄はもう体力が殆《ほとん》ど残っていなかった。

さすがの晄久も風呂を沸かす気力はないようで、湯を用意して躰をあたたかな手拭いで清めてくれた。その気遣いだけで、今の阿澄は十分だった。

「おまえ、もしかしたら禁酒してるのか？」

自分の酒を猪口《ちょこ》に注ぎ、晄久は何気ない調子で問うてくる。

「あまり、酒は好きじゃない」

それに、酒の勢いで妙なことを口走り、彼や他人の前で秘密に触れてしまうのが怖い。

熱を出したときや快楽の極みにいるときに口走ってしまったらどうしようと不安だったが、それはそれで忘我の状態での譫言《うわごと》だと誤魔化すことができる。

尤《もっと》も、前よりもその恐怖の度合いは減ってきている。この先晄久に何かあったとしても自分には彼を守れるという自信がある。その嵐が彼の心の中のできごとであろうと世間の非難であろうと、何であろうと。そうできるだけの地位と後ろ盾が、今の阿澄にはあるのだ。

それに、阿澄がいればいいと晄久は言ってくれるだろうと信じているからだ。

「確かに、医者だからな。何かあったときに患者を診られないと困るか」

「うん……そういうことだ」

晄久が都合よく解釈してくれたので、阿澄はほっとする。

「……晄久」

「ん？」

肘だけで起き上がった阿澄は、寝間着の襟元を摑んで彼の唇をそっと啄む。

その仕種を見やった晄久は、猪口が畳に転がるのも頓着《とんちゃく》せずに勢いよく阿澄を抱き締める。

「可愛いよ、阿澄」

「可愛いだけか？」

「好きだ」

微笑んだ晄久はそう囁《ささや》き、深々とくちづけてきた。

あとがき

このたびは『荊《いばら》の枷鎖《かさ》』を手に取ってくださって、ありがとうございます。

本作は軍服、幼馴染み、旦那様と別荘番一家の密かな関係――という、自分の好きなお約束を盛り込んでみました！　別荘番や森番と旦那様が、というのは大好きな定番ネタで巻末にSSまで書いてしまいました。キャラクターについては、攻の晄久《あきひさ》は割とジェントルで真っ直ぐな人物と私にしては珍しい攻です。受の阿澄《あずみ》はツンデレなので、大好きなパターンですが。サブキャラの静《しずか》と眞野《まの》も、とても気に入っています。特に眞野を書いていると、何かと受の面倒を見るおじさま、というのは大好きだと今回再確認しました。

そして本作はなんといっても久々に軍服ものです！　コスプレものは書いていて心が踊るので、本当に楽しかったです。

とはいえ軍隊については調べていると泥沼で、ものすごく苦労してしまいました。いろいろ調べたものの、創作しやすいように自分なりの解釈や設定を加えております。髪型や口調、用語なども自分流のアレンジの一つです。事実や史実とは異なる点や無茶してる部分など多々ありますが、あくまでエンタテインメントとしてご了承いただけますと幸いです。

最後にお世話になった方々にお礼を。